光文社文庫

長編時代小説

夜鳴き蟬

父子十手捕物日記

鈴木英治

光　文　社

目次

夜鳴き蟬　父子十手捕物日記

第一章　名前ふたつ

一

店のなかに入れば楽だ。

だが、そうするわけにはいかない。

長崎橋（ながさきばし）の袂（たもと）に立って、夜の色に染められてゆく大横川（おおよこがわ）を眺めているしかない。

川の流れはほとんどなく、提灯（ちょうちん）を掲げた猪牙舟（ちょきぶね）や荷船（にぶね）が櫓（ろ）の音をさせて行きかっている。

暗い川面（かわも）に照り映える提灯の明かりが、舟のつくる波にゆらゆらと揺れた。波は舟がすぎると消え去り、やってくるとまたあらわれる。

こんなに暗くとも、船頭たちの腕は見ていて胸がすく。さほど広いとはいえない川を、あらかじめ決められた道があるかのように行きすぎる。

江戸の台所は船頭たちが握っている。もし船頭たちが働かなくなったら、江戸は干あがってしまうだろう。

もっとも、眼下の働きぶりを見れば、そういう日がくることなどあり得ない。

おや。顔をあげた。

どこからか蟬の鳴き声がしている。

どうしてだ。眉をひそめた。

夏だから蟬が鳴くのは当たり前だが、とっぷりと日暮れてから鳴くなんて、どうかしている。

煮売り酒屋に目をやった。戸があいて、客が出てきたからだ。

一瞬、いつでも歩きだせる姿勢を取ったが、すぐに川面に目を戻した。

三人の職人らしい男が大声で話をしながら遠ざかってゆくのを、視野の端でとらえる。

酔うと声がでかくなるのはなぜなのかな。

子供の頃をふと思いだす。

暗い道を必死に駆ける。一所懸命に駆ける。うしろを振り向く。誰もついてきてはいない。ほっとする。ただ、うしろめたさもあって、戻ったほうがいいのでは、という気になる。でも、その度胸はなかった。

自然にため息が出た。

再び煮売り酒屋に目を向ける。

出てきたのは、またもちがう男だ。浪人らしいが、腰に帯びているのは脇差一本だけ。ずいぶんと気楽ななりだ。

夜風が気持ちいいらしく、暖簾の前で大きくのびをした。それから、こちらに向かって歩いてきた。

浪人はちらりと目を投げただけで、長崎橋を渡っていった。

気づくと、蟬は鳴きやんでいた。

川風のせいで、あまり暑くはない。それでも体はじっとりと汗ばんでいる。

橋の上にいるのにも飽きてきた。

はやく出てこないか。長っ尻なのは、きっとわずかな酒を惜しむようにちびりちびりと飲んでいるからだろう。

また煮売り酒屋に眼差しをぶつけたが、これから入ってゆく五名ほどの男が暖簾を払ったところだった。

おっ。目を見ひらいた。

五人組の最後の男が、戸を閉めなかったからだ。

やつが暖簾をくぐって出てきた。

赤い顔をしているのは、暖簾脇につり下げられた提灯に照らされたせいではない。

どこにいるのかわからないのか、しばらくその場にたたずんでいた。

やがて踏ん切りをつけるように懐から小田原提灯を取りだした。だが手元が揺れ、なかなか火がつかない。

ようやく提灯に明かりが灯り、歩きだした。こちらも提灯を手にする。

だいぶ酔っている。ふらふらした足取りで、今にも地面に手をつきそうだ。

人通りは多い。今のところは手だしはできない。

やつはきっと一人になる。

それを待てばいい。

しばらく歩いて、やつが立ちどまった。

右手で懐を探っている。巾着を取りだし、提灯で照らしてじっと見ている。

巾着をしまうと、いそいそと急ぎ足になり、角を右に曲がった。せまい道の左側に、赤提灯が湿った風に揺れている。

まさかまだ飲むつもりでいるのではないか。

本当に煮売り酒屋に入っていった。ちっ、と舌打ちが出る。

酒にだらしがないのはわかってはいるが、頭にくる。また待たなければならない。

とにかく、どこか身を置ける場所がほしかった。

煮売り酒屋の斜向かいに稲荷がある。

提灯の火を消して境内に入りこんだ。無人だ。赤い鳥居に小さな社。少し信仰心があるほうではない。こんな夜更けに稲荷に入りこんだのははじめてだ。少し不気味だった。

鳥居の横に座りこんだ。黄楊なのか柾なのか知らないが、背丈の低い木が植わっていて、ほとんど人通りのない道とはいえ、身を隠すには都合がよかった。

今度はそんなに待たなかった。

赤提灯に照らされた顔は、まだ飲み足りなさそうだ。

ふらふらと揺れる体を必死にまっすぐにしようと無駄な努力を重ねつつ、歩きだす。

相変わらず危なっかしい足取りだ。

夜がさらに深まり、行きかう人も徐々に少なくなっている。

今、やつが向かっているのは長屋だろう。金が尽きて、やっと帰る気になったのだ。

ここからだと三町ほどか。

だが、人の気配は絶えることはない。

少しいらつく。

いや、大丈夫だ。必ず機会はくる。

心を静めて、あとをつけ続けた。

長屋まであと一町ほど。

駄目なら明日もつけるまでだが、さすがにまずいかもしれない。間に合わなくなる怖れがある。

いや、まだあきらめるな。今夜、きっと決めてやる。

その思いが通じたか、人けがぱたりと途絶えた。

今しかない。躊躇している暇はなかった。

提灯を吹き消し、一気に走った。

首根っこをつかんでこちらを向かせ、腹へ拳をめりこませる。

うっ、とうなってあっけなく気絶した。手にしていた提灯が落ち、燃えはじめる。踏み消した。

口の端からだらしなくよだれを垂らしているだけで、腹のなかの物をもどすことはなかった。当分、目を覚ますことはないだろう。

周囲に目を配る。

よし。重い体を背負いあげた。提灯に火をつけ、歩きだす。

これなら酔っ払いを介抱しているとしか、ほかの者の目には映らないだろう。

二

じかに会って、話をするのが最もいいやり方だと御牧文之介にはわかっている。

しかし、足を運んだとして果たしてお春が会ってくれるかどうか。

うー。文之介は天井に向かってうなり声をあげた。

どう考えても無理だろう。なにしろ、赤子を抱いた若い女を前に、飯を食っているのを見られたのだから。

お春が、赤子を文之介の子と見たのはまずまちがいない。

しかしあの赤子は信太郎といって、向こうがしの喜太夫の子だ。

喜太夫は盗賊で、すでに処刑されるのが決まっている。もう間もなくだろう。今も牢屋で考えているのは、信太郎のことではないか。

声が牢屋に届くのなら、つつがなくすごしている、と教えてやりたい。

罪人の子である信太郎が文之介の屋敷に来ているのは、信太郎の将来を考えた上役の又兵衛が、文之介の父である丈右衛門に預けたからだ。丈右衛門なら顔が広く、きっとよい養子先を見つけてくれるだろうと踏んでのことだ。

しかし、丈右衛門と文之介の二人しかいない、女手のない屋敷にいきなり赤子が来ても世話などほとんどできず、途方に暮れるしかなかった。

そんなとき、人々から金をだまして巻きあげる事件を通じて知り合った大工の娘のさくらがやってきて、信太郎の世話をしてくれたのだ。

そこにお春が来て、文之介が信太郎を抱いたさくらと向かい合って食事をとっているところを目にしたにすぎない。

ただ、それだけのことだ。

だから、誤解を解くなど造作もないことに思えるのだが、お春の場合はそうはいかない。

あの女は頑固だからな。

しかも逃げるように出ていってしまった。あれはお春の驚きと狼狽と怒りの大きさをあらわしている。

起きあがり、文之介は腕を組んだ。どうすればいい。どうすれば誤解が解けるか。

いい考えは浮かばない。頭を抱えるしかなかった。

だが、誤解を解かなければずっとこのままだ。お春に会えないなんて、つらすぎる。

それだけはなんとしても避けたい。

だが、それにはどういう手立てを取ればいいのか。

うー。文之介はまたうなり声をあげた。

「まったく犬みてえだな」

自分のことながら少しあきれた。ここは、やはりじかに会って説明するしかない。一刻ほど考えて、ようやくそういう結論に達した。

別にこちらにうしろ暗いことがあるわけではない。隠しごとなく話をすれば、きっとわかってくれるだろう。

今日は非番で、文之介は朝からずっと自室で過ごしていた。

行くなら今日しかない。

腹を決めて立ちあがった。非番といえども一応は十手を懐におさめ入れ、長脇差を腰に帯びた。

父に他出の挨拶をするために屋敷内を捜してみたが、どこにもいない。

信太郎をあやしているのかもしれない。信太郎は外に出ていさえすれば、とりあえずご機嫌なのだ。

屋敷を出た文之介は道を歩きだした。

組屋敷内は静かなものだ。ほとんどの者が出仕し、家人たちは屋敷内の掃除でもしているようだ。洗濯物が干され、夏の白い陽射しにきらめくように揺れている。

お春の家の三増屋はさほど遠くはない。町奉行所の者たちが住んでいる八丁堀の組屋敷から、ほんの四町ほどでしかない。

店が見えてきた。風にのって、かすかに醤油のにおいがしてくる。もっと近づくと、味噌の香りも漂ってきた。三増屋は味噌と醤油を扱っている大店だ。

それにしてもいいにおいだなあ、と文之介は深く呼吸をした。醤油とか味噌の香りはどこかなつかしさを覚えさせる。それに気持ちを落ち着かせてくれる。

文之介は店の前に立った。大きな暖簾が風にふんわりと揺れている。このあたりは主人の藤蔵の気質があらわれているかのようだ。

お春も藤蔵の血を継いでいるのだ。きっと大丈夫だ。

文之介は、すべて正直に話すんだぞ、と自らにいいきかせて暖簾を払った。

文之介を認めて寄ってきた奉公人に、用件を告げる。

すぐに客間にあげられた。

しかし、お春はやってこなかった。奉公人によれば、風邪で臥せっている、とのことだ。

「大事な話なんだが」

「申しわけございません」

奉公人は頭を下げるだけだ。文之介の言葉をきき入れないよう、お春から強くいわれているのかもしれない。

「風邪じゃあ仕方ないな」

文之介はそういうしかなかった。板ばさみになる奉公人がかわいそうだ。

「藤蔵はいるかい」

「少々、お待ちください」

すぐに藤蔵が姿を見せた。

「これは文之介さま、よくいらしてくれました」

相変わらず血色がよく、穏和な表情だ。

「どうされました。——いえ、お春のことですね」

このあたりはさすがで、先に持ちだしてくれた。

「なにがあったのでございますか。この五日ばかり、ずっと機嫌が悪いのですよ」

文之介はどういうことがあったのか、話した。

藤蔵は柔和な笑みを見せた。

「そういうことだったのですか。どういうことかと案じていたんですよ」

軽く首を振る。

「そういうのは、たいてい文之介さま絡みなんで、そのようなことではないか、とは思っておりましたが」

ちらりと襖(ふすま)に目を向けた。眼差しの先にあるのはお春の部屋のほうだ。

「しかし、わがままな娘に育ってしまいました。こうして文之介さまが見えているのに、出てこないなんて」

「いや、それはいいんだ」

文之介は穏やかにいった。

「それでおまえさんに頼みたいのは――」

藤蔵が背筋をのばし、真摯にきく姿勢を取った。

「お安いご用です」

きき終えた藤蔵は、お春の誤解を解くことを約束してくれた。

「そういってもらえると心強い」

「文之介さま、気に病むようなことではございませんよ」

文之介は力を与えられた気分になった。

「では、よろしく頼む」

「おまかせください」

文之介は藤蔵の見送りを受けて、三増屋を出た。

あっ、そうだ。

さくらに、惚れましたから、といわれたことについていうのを忘れた。ここに来るまではすべてを話すつもりでいて、さくらに惚れられたこともそのなかに入っていたのだ。

いや俺は、と思った。わざと避けたのだろう。お春の耳に入るのが怖かったのだ。

文之介は足をとめ、三増屋を振り返った。暖簾が静かに揺れている。

戻ろうか、と思ったが足は出なかった。

三増屋がどんどん遠ざかってゆくにつれ、とんでもないへまをした気分になってきた。


「お春」

障子に映る影が呼びかけてきた。

「なに、おとっつあん」

「あけるぞ」

藤蔵が入ってきた。

お春は書を読んでいた。ほとんど頭に入っていない。

父が正座する。少し怒っている。

珍しいこともあるものだわ、とお春は思った。

「お春、ここに座りなさい」

はい、とお春は素直に父の前に座した。

「文之介さまが訪ねてみえた。知っているな」

「はい」

「どうして会わなかった」

ここで風邪っぴきだといっても、仕方がない。父はもっと怒るだろう。

「会いたくなかったんです」

「どうして」

「わけをいわないといけませんか」

「おまえの焼き餅だろう」

お春は、えっ、と思った。焼き餅なのだろうか。

五日前、食事をつくろうと思って文之介の屋敷に行ったとき、箸を持って食事をしている文之介の前に赤子を抱いた若い娘がいた。

あれは紛れもなく文之介の子だろう。でなくて、どうしてああいう仲むつまじいふうになれるのか。

だから、今さら文之介に会って説明をきいてもどうにもならない、と思ったのだ。文之介は自分を選ばなかった。それは、すでにああいう女がいたからだ。

しかもすでに子をなしている。だいぶ前からの関係なのだ。

そんなに前からそういう女がいたにもかかわらず、私を好きみたいなことを常に口にしていた。それが許せなかった。

文之介が説明にやってきたのは、ああいう突拍子もない形で自分との関係が切れるのがいやだからだろう。
しかし今さらいいわけをきいたところで、文之介とあの女の仲が消えるわけではない。
お春はそんなことをつらつらと考えたが、口にだしはしなかった。
藤蔵がじっと見つめてから、話しだした。
父の話は長くはかからなかった。
そういうことだったのか。
お春はほっとした。
そのことがわかって気持ちが落ち着いたが、それにしてもあの女はなんなんだろう、
という思いがわいてきた。
あのとき、あの二人は確かに妙な雰囲気だったのだ。
父の話では事件を通じて知り合ったとのことだが、お春にはしっくりこない。文之介
はなにか隠しているのではないか。
「おとっつあん」
「なんだい」
藤蔵は、いつものやさしい瞳を取り戻している。
お春は、文之介がいい忘れたようなことがなかったかききかけたが、結局、別の言葉
を口にした。

「おとっつあん、ありがとう」

三

肩越しにのぞきこんだ。

背中でぐっすりと寝ている。

かわいいな、と御牧丈右衛門は心から思った。こうして眠っていると、天からの贈り物以外のなにものでもない、という気になる。

信太郎を預かっていることで、丈右衛門は情が移ったのをはっきり感じている。

養子先はむろん捜し続けているが、今のところ、これは、というところはない。

出自を隠すわけにはいかず、向こうがしの喜太夫の子ということで、相手の腰は引けてしまうのだ。

丈右衛門はひたすら道を歩き続けた。こうして外を歩いている分には、ずっと眠り続けてくれる。

それが屋敷に一歩でも入ると、いきなり大泣きをする。どうして察知できるのかわからないが、赤子には獣のような力が備わっているのだ。

そんなことで、信太郎の世話はたいへんだ。ただ、隠居してからはや二年、最近は太り気味なのでこうして外を出歩く口実ができたのはいいことだ。

口実か、と丈右衛門は思った。どうしているのかな、と面影を脳裏に浮かべた。

会いたくてならない。しかし、口実をつくってお知佳のもとに行くわけにはいかない。

今頃、忙しく立ち働いているだろう。なにより、奉公先を紹介したのは自分なのだ。

邪魔はできない。

その代わりといってはなんだが、信太郎の面倒を見にさくらが足繁く来てくれる。

信太郎もわかっているのか、さくらがいるあいだは泣いたり、ぐずったりすることはない。

今頃、来ているかもしれない。最近はお春ではなく、さくらが食事の支度をしてくれる。

文之介は明らかに避けているが、そんなことをするのはもったいないほどいい娘だと思う。裏がないし。

文之介にお春という大好きな娘がいなかったら、惚れたところでおかしくはない。

さくらに、文之介とどうやって知り合ったのか、前にたずねたが、その話をきいて丈右衛門は驚きを禁じ得なかった。

兄のこしらえた借金を返すためにやくざ者の紺之助のもとを訪れ、さしの勝負をしたようなのだ。

文之介が偶然その場にいたおかげで紺之助に会うことができ、話もすんなりと進んで、さくらは勝負に勝って借金すべてを消すことになったのだ。

すごい娘がいるものだな、とあらためて丈右衛門は思った。これまでいろいろな人間に会ってきたが、そういう娘に出会うことはなかった。

なにか世の中が微妙に移り変わってきている、という感がある。いい方向なのかわからないが、さくらのような娘はその証(あかし)ではないか。

丈右衛門はゆっくりとした足取りで屋敷に向かって歩いた。

ちらりと信太郎に目をやる。今のところ目を覚ます気づかいはない。

屋敷には生垣があり、枝折戸(しおりど)がしつらえてある。この音に気づいて目を覚ますのではないか、と丈右衛門は静かにひらいた。

信太郎は眠ったままだ。安心して庭に入った瞬間、背中で信太郎が身じろぎした。

まさか。丈右衛門は振り向いた。同時に信太郎が泣きだした。

嘘(うそ)だろう。丈右衛門はあわてて信太郎を背中からおろし、あやしはじめた。

だが、泣きやまない。

「おなかが空(す)いているのか」

だとしたら、同じ組屋敷内の者に乳(ちち)をもらいに行かなければならない。

丈右衛門はきびすを返し、枝折戸を出ようとした。

「丈右衛門さま」

背中に声がかかり、振り返った。

濡縁にさくらが立っている。

「ああ、来ていたのか」

「はい、誰もいらっしゃらないところに押しかけてしまい、申しわけございません」

「いや、そんなのはどうでもいい」

そのあいだも信太郎は激しく泣き続けている。何十匹もの蝉が集まったような泣き方だ。

「こちらに」

さくらが手をのばす。丈右衛門は安堵の思いで預けた。

現金なもので、さくらの腕におさまった途端、信太郎は静かになった。今は気持ちよさそうに笑っている。

「さくらちゃん、なにかこつのようなものがあるのか」

「いえ、別に。特に赤子に気に入られるようなことはしていませんよ」

丈右衛門は首をひねった。

「でも、赤子にしかわからぬなにかがあるんだろうなあ。おなごのにおいとか」

「そういうのはあるかもしれませんね」

さくらは濡縁に腰かけ、信太郎をあやしている。

「おうかがいしたいことがあるんですが」

真剣な光を瞳に宿している。

「なにかな」

「とてもきれいな娘さんですけど、あれはどなたなのですか」

「きれいな娘」

「この前のことです。丈右衛門さまが湯屋に行かれたあと、姿を見せた娘さんです。夕餉の支度に見えたのか、蔬菜などを用意されていたのですけど、文之介さまと私を見て驚いた顔をしてさっと帰ってしまわれました」

お春のことは少しいいにくい。だが、隠すほどのことではない。

「あれはお春というんだ」

三増屋という、醬油と味噌を扱っている店の娘であるのを説明した。

「三増屋さんなら、知っています。大店ですね」

「そうだな」

「お春さんは、文之介さまとはどういう関係なのですか」

ここは正直にいうべきか。

「幼なじみだ」

とりあえず当たり障(さわ)りのない返事をした。

「そうですか。二人は好き合っているのですか」

丈右衛門はその直截(ちょくせつ)な問いに、戸惑った。

実際のところ、どうなのだろう。好き合っているようにも思えるし、文之介の片思いに見えないこともない。

文之介がお春の見合いの席をぶち壊すなど、一時はうまくいっているように見えたことがあったが、その後、どういう経緯をたどったのか、あまりいい方向に向かっているようには感じられない。

「わしにはわからんな」

そう口にするしかなかった。

「わかりました」

さくらはなにか決意を秘めたような顔で、深くうなずいてみせた。

「丈右衛門さま、昼餉(ひるげ)は召しあがりましたか」

「いや、まだだ」

「支度します」

信太郎をおんぶしたさくらは手ばやくつくってくれた。どこで手に入れたのか、蕎麦(そば)切りだった。

「近くにおいしい店があるんです。こちらに来るとき、わけてもらったんです」

さくらがゆであげた蕎麦は腰があり、喉越しもよかった。

「うまいな」

信太郎はぐっすりと寝ている。その顔には母に寄りかかっているような安心の色が強く出ていた。

昼餉を終えたあとも文之介は帰ってこなかった。

どこに行ったのか、と丈右衛門は少し腹立たしかった。こんなにかわいくて、いい娘が待っているのに。

その後、丈右衛門はさくらと話をしてすごした。

さくらの近所の女房衆が、どこからか紛れこんできた鶏を総出でつかまえようとした話はおもしろかった。

「その鶏、とにかくすばしこいんです。つかまえようとしてもつかまえられず、皆さん、つまずいて転んだり、下水に顔を突っこんだり、長屋の柱に顔をぶつけたりして。しかもその鶏、高く飛べるんです。長屋の屋根まであがったんです」

たまにそういう鶏がいるのはきいている。

「それで石をぶつけようとした一人が、それがはね返って顔に当たったりして、一人減り、二人減りして、結局は鶏は悠々とどこかに行ってしまったんです」

「ほう」

「あの鶏、退屈だったんで、人をからかいに来たんじゃないかって思いました」

「賢い鶏だったんだな」

「ええ、人よりもはるかに頭がよく見えました。まるで高僧の生まれ変わりのように」

「なるほど、とんちのききそうな僧侶か」

「ええ」

文之介が帰ってこないまま、夕暮れの気配が濃く漂ってきた。

さくらは夕餉の支度をし、信太郎にじゃあまたね、といって帰っていった。

さくらを見送ったあと、丈右衛門は少し寂しい気分になった。

そして、少しだけ後悔した。お春のことは教えないほうがよかったのではないか。

あの決意を秘めたような顔。なにか波風が立ちそうな気がしないでもない。

お春が屋敷にやってこない理由がはっきりしたのは、まあよかった。そういう誤解があったのなら、来なくなるのも不思議はない。

誤解か、と丈右衛門は思った。ということは、やはりお春は文之介を意識しているのだ。意識していなければ、別に逃げ帰る必要はないのだから。

そのことを文之介はわかっているのだろうか。わかっていないことはないだろうが、どうにも歯がゆい。

それにしても、文之介はさくらに好きだといわれたようだ。まさか文之介がそんなにもてるとは。

まあ、わしのせがれだからな。

文之介はまだ帰ってくる気配がない。どこでなにをしているんだろう。

幼子を心配するような心持ちになった。

あいつはもう子供ではない。わしが気をもんでも仕方あるまい。

丈右衛門は一人、あたたかな飯を食べはじめた。

四

また会えなかった。

さくらは歩きながら、遠くなった御牧屋敷を振り返った。

避けられているのではないか。まちがいなくそうなのだろう。

このままでは駄目だ。なんとかしなければ。

文之介さまは、とさくらは思った。あのお春という娘に気があるのだろう。

どうすれば、文之介さまの気持ちを自分に向けさせることができるだろう。

今のところ、なんの方策も浮かばない。

なにか喜ばせることができれば、気持ちもやわらぐのではないか。

だからといって、なにをすればいいのだろう。

それよりお春という娘は、文之介さまのことをどう思っているのか。

もしや、文之介さまの片思いなのではないか。丈右衛門さまがいいよどんだのは、このことを知っているからではないのか。

それなら、振り向いてもらえる目もきっと出てくるというものだ。

小田原提灯が小さな穴を闇（やみ）につくってゆく。それを頼りにさくらは歩を進めた。

目指しているのは自分の家だ。

家では、兄の雅吉（まさきち）が帰りを待っているだろう。一日の仕事を終え、腹を空かせているはずだ。

さくらは歩みをとめた。提灯が揺れる。虫が突き当たってきて、どこかに飛び去った。

しばらく迷っていた。暮れ六つをすぎ、夜は急速にその濃さを増しているが、行きかう人はまだ多い。

よし。さくらは決意した。きびすを返す。

雅吉にはすまないと思うけど、今は文之介のほうに一所懸命になりたい。兄には我慢してもらうしかない。

三増屋までの道はわかる。なにしろ大店だ。入ったことはないけれど、あのくらいの店になれば表通りにあって、そこを通ればいやでも看板や暖簾は目に入ってくる。

閉まっているかと思ったが、暖簾はかかっていた。店内のやわらかな明かりが路上に漏(も)れこぼれている。

さくらは暖簾の前に立ち、息を入れた。

少し心が落ち着いた。暖簾をくぐり、訪(おとな)いを入れた。

いらっしゃいませ。奉公人の声は元気がよく、物腰はていねいだ。繁盛している店であるのがわかる。

さくらは名乗り、お春に会いたい旨を告げた。

「お嬢さまに。どういうご用件でしょう」

なんといおうか少し考えた。

「御牧文之介さまの件です」

意外だったのか、奉公人はかすかに目を見ひらいた。すぐに平静な表情に戻り、小さく辞儀した。

「少々お待ちください」

さして待つことはなく、せいぜい五十ばかり数えたにすぎなかった。若い娘が先ほどの奉公人にともなわれて出てきた。

さくらは眼差しを注いだ。やはりきれいだ。自分も悪くないほうだと思うが、この娘には太刀打ちできない。

なんというか、光輪に包まれている感じである。それはおそらく、大店のお嬢さまという育ちのよさなのだろう。

どこかおおらかでのびやかな仕草も、大店特有のものだろう。自分などには決して身につかないものだ。

さくらはわずかにひるみを覚えた。

いや、ここで負けてはいけない。

「私が春ですけど」

少し怪訝そうな顔をしている。あっ、と口が動いた。

「思いだしていただけたようですね」

さくらはにっこりと笑った。ぎこちない笑いになったのでは、とすぐに表情を引き締める。

「おききしたいことがあるのですが」

お春が奉公人を気にする。さくらはすかさずいざなった。

「出ましょうか」

「ええ」

さくらはお春と肩を並べて歩きだした。うしろで、奉公人が不安げに見送っている。

そんなに店から離れないほうがいいだろう、とさくらは判断し、足をとめた。

お春も立ちどまり、体を向けてきた。

「おききになりたいことって」

「お春さん、文之介さまのこと、どう思っているのですか」

一瞬、お春が目をみはりかけた。下を向き、考えている。

それが長い沈黙だったので、さくらはもう一度声をかけようとした。

「別になんとも思っていません」

目をあげ、きっぱりといいきった。

「文之介さんのことは、幼い頃から知っているだけです」

「本当にそれだけですか」

「本当です」

無理しているように見えないこともない。でも、そういうふうにいうからには、二人はうまくいっているとはいいがたいのだ。

「わかりました」

さくらはこくりとうなずいた。

それなら、私の好きにするまでだ。

さくらという娘が弾むような足取りで遠ざかってゆく。

お春は見送るしかなかった。

痛い。お春はびっくりした。知らず唇を噛んでいたのだ。

もしかしたら、とお春は思った。私はとんでもない過ちを犯したのではないか。

とてもきれいな娘だ。私にはない色香もある。

もし文之介があの色香に迷い、気持ちを移してしまったら。

お春はため息をつき、その場に立ち尽くすしかなかった。

五

「ちゃんと伝わったかな」

文之介は声にだした。

「なんのことです」

勇七がうしろからきいてきた。

文之介は振り向いた。勇七にはいっておこうと思った。

きき終えて、勇七が深いうなずきを見せる。

「ああ、そんなことがあったんですかい。それでお春ちゃん、へそ曲げているんですね」

「へそ曲げてるか。まさにその通りかもしれねえ」

「でも旦那（だんな）、そんなことで会わないというのは、やっぱり旦那に気があるからじゃないんですか。なんとも思っていないんだったら、そんなこと、決してしませんからねえ。旦那、そのあたりのこと、わかってますか」

「うん、わかっているつもりだ。でも、顔を見ねえことにはやっぱりなんともいえねえからなあ」

「それはいえますね」

勇七が同意する。

「でも藤蔵さんは信頼できる人ですから、ちゃんと伝えてくれてますよ。あっしは大丈夫だと思います」

「藤蔵が信頼に足る男だってのは、俺もよく知っているさ。でもお春はなにしろ頑固だからな」

「頑固は頑固ですねえ」

勇七がなにかを思いだしたような顔つきをする。

「旦那、覚えてますかい」

「なにを」

「あっしたちがちっちゃい頃のことですよ」

「なんだ」

「おいしい団子の話ですよ」

文之介はなつかしい思いにとらわれた。

「ああ、そんなこともあったな」

「なんていったって、あの大雨のなか、お春ちゃん、行こうってんですからねえ」

「まったくだな」

三人で日暮れ近くまで遊んだある日、すぐそばをお春の知り合いの男の人が通った。その人は、いいにおいをさせている包みを手にしていた。団子だった。

夕餉前で腹を空かしていた三人に、そのにおいは強烈だった。

包みには、島田屋と記されているように見えた。団子屋としては老舗で、名の知られた店だが、文之介たちは食べたことがなかった。

お春が男の人に、島田屋さんはどこにあるんですか、ときいた。男の人は教えてくれた。ただ、子供の足で行くには少し遠いところにあった。

三人にそんなことは関係なかった。今からでは無理だけれど、明日行ってみよう、ということで話がまとまった。

だが、翌日は朝から風まじりの大雨だった。文之介はそれでも行く気になっていたが、しばらくしたら雷が鳴りはじめた。

それで気がくじかれた。お春も雷が大きらいだから、団子を買いに行くのはあきらめるはずだった。

しかしお春は大雨と雷をついて、屋敷にやってきたのだ。さすがに文之介は驚いた。

だが男としてお春に負けていられず、奉行所内にある勇七の長屋に一緒に向かった。

勇七も文之介に負けず劣らず驚いた。

傘を差すお春に引っぱられる形で文之介たちは続いた。文之介と勇七は笠に蓑という出で立ちだった。

もっとも、お春の意志の強さが天に通じたか、しばらく歩いているうちに雨があがり、雷もきこえなくなった。

雨はともかく、雷が遠ざかったことにお春はほっとしていた。

「でもようやく着いたと思ったら、店はやってなかったんだよな」

「ええ、あの雨と雷では客が来るとは思わなかったんでしょうね」

江戸では傘を持つ者は極端に少なく、雨降りになると他出はほとんどしないのだ。

「あそこでもお春ちゃん、頑固でしたねえ」

お春は店をあけさせたのだ。私たちはこちらのお団子を食べにやってきたんです、といって。

店の人は心を打たれたのか、とにかく団子をつくってくれた。団子をつくっているうちに客が行列をはじめた。

「おまえさんたちが来てくれて、よかったよ。はやめにつくりはじめることができたからね」

島田屋の主人は礼をいって、余分に団子を包んでくれた。

「お春ちゃん、小さな頃からおもしろい娘さんでしたねえ」

勇七がしみじみいう。

「本当だな」

「ですから旦那、大丈夫ですって。心配なんか、いらないですよ。旦那はああいう思い出を一緒につくった人なんですから、お春ちゃんも大事に思っているはずです」

「そうかな」

「そうですって」

「よし、勇七のいう通りだと思うことにしよう」

これで誤解が解けて、前みたいにいい感じになったらいいなあ、と文之介は心から思う。いや、それはきっとじきだろう。

「旦那、お春ちゃんのところに行ったほかに、昨日はなにをしていたんですかい」

「別になにもしてねえよ。町をうろついていただけだ」

「どうしてそんなことしていたんです」

「さくらちゃんが来ているんじゃねえかって、思ってな」

「ずっと避けているんですかい」

「ああ」

「さくらちゃん、かわいいんですけどねえ。避けるのはちともったいないんじゃないんですかね」

「そんなこというなら、おめえにくれてやるよ」

「いえ、けっこうですよ。あっしは一筋ですから。――ああ、旦那も同じでしたね」

その後、勇七はしばらく黙っていた。

「しかし旦那。こんなにのんびりと町廻りをするのは、久しぶりじゃないんですかい」

「そうだなあ。このところ凶悪な事件もないしなあ」

羽をのばしているのとはちがうが、どこか体の箍がゆるんだような感じはする。

文之介の縄張は本所や深川一帯だ。広大だが、そんなに疲れはない。やはり定町廻りは楽しい。

自身番には、異常ないか、と声をかけて通りすぎるだけだが、お茶でもいかがですか、と誘ってくれる町役人も少なくない。

そのたびに文之介は足をとめ、自身番に入りこむ。

「どうだい、景気は」

茶を飲みながらきく。

「よくないですねえ」

「そういやあ、顔色が悪いな」

「えっ、さようですかい」

「ちがうか。悪いのは顔だな」

「相変わらず御牧の旦那は、冗談ばかりですねえ」

「冗談じゃねえぞ。まじめだ」

「だったら、御牧の旦那にも悪いところがありますよ」

「どこだ」

「口ですよ」

「確かに口は悪いけどな、でも口だけじゃねえぞ」

文之介は、土間に立って茶を喫している勇七を見あげる。

「なあ、勇七」

「ええ、頭も悪いですね」

「こりゃいいや」

自身番は明るい笑いに包まれる。

町の者たちと馬鹿話をしながらの見廻りは、文之介にとっては楽しいことこの上ない。

「旦那って愛想のいい犬みたいですねえ」

歩きながら勇七がいう。

「なんだい、そりゃ」

「いえね、人なつこい犬って、だいたいが愛想いいんですよ。なぜかっていうと、人が好きでたまらないからだそうです。そういう犬って、人にかわいがられたくてしようがないとききましたよ」

「俺がそういう犬と同じだっていうのか」

「同じとはいわないですけど、似ているとは思いますねえ」

「まあ、認めるしかねえな。俺も人は大好きだからな」

「人が好きっていうのを照れずにいえるのが、旦那のいいところなんでしょうねえ。町の人たちにもそれが伝わって、だから好かれるんでしょう」

「俺って好かれるか。あんまり意識したこと、ねえんだが」

「人に好かれようなんて意識している人は駄目ですよ。どこかに無理が出ますから。その点、旦那はいいですよ。自然に振る舞えてますから」

どうも勇七に乗せられているのでは、と思えないでもなかったが、気分は悪くない。

文之介はずんずんと歩いた。

「あっ」

うしろで勇七が声をあげた。

文之介もその声で気づいた。

「文之介さま」

目の前にあらわれた巨体が声を発する。

「おう、お克」

いつものように供の帯吉がついている。

元気そうだな、といいかけて文之介は言葉をとめた。

お克は少しやせたようで、生気が感じられない。

「文之介さま、こんなところでお会いできてとてもうれしい」

そういう声にも張りがない。

「お克さん、どうかしたんですか」

勇七が気づかってきく。

「ちょっと風邪気味なんです」

「風邪ですかい」

「ええ、夏風邪なんです」

お克が一礼する。

「うつしてしまっては申しわけありませんから、これにて失礼いたします」

深くお辞儀した。

「お克、大丈夫か」

文之介は、さすがにこの元気のなさには心配が募った。

「ええ、大丈夫です。これから帰ってやすむつもりです」

「そうか、大事にな」

「はい、ありがとうございます」

お克が帯吉とともに去ってゆく。そのうしろ姿はどこか小さげに見えた。

「お克のやつ、本当に大丈夫かな。食事にも誘ってこなかったし」

「そうですね」

勇七は遠くなったお克をまだ見つめている。

「帯吉さんも顔を伏せてましたし、なにかあったんじゃないですかね」

「なにがあったんだろう」

「さあ、あっしにはわかりません」

勇七が文之介を見る。

「本当に風邪なんですかねえ」

「そんなに気になるんだったら、きいてみればいいじゃねえか。今から走れば、追いつひるむ」

「いいんですかい」

「もちろんだ」

勇七は追いかけたそうなそぶりを見せたが、すぐにかぶりを振った。

「いや、あっしが問いただしても無理でしょうね」

文之介に目を当ててきた。

「俺にきけっていうのか」

勇七が残念そうにうつむく。

「今日のところはいいです」

今日のところはか、と文之介は思った。非番の日にでも、青山に行きましょう、といわれそうだな。

「勇七、行くぞ」

「はい」

二人は歩きだした。さっきまで陰っていた太陽が顔をのぞかせ、強烈な陽射しを見舞ってきた。

「くそっ、暑いなあ」

文之介はいまいましげに太陽を見た。

「しかしこんなに暑いのに、風邪なんか引くものなのかな」

「引く人は引きますよ。お克さんは特にやわな感じがしますから」

お克がやわだと、と文之介は思った。どこをどう見ればそういうふうに見えるのか、勇七にききたかったが、下手をすると殴られるかもしれない。

「それにしても、旦那は全然引かないですねえ」

文之介は、その言葉にせつなさがこめられているのを感じて、振り返った。勇七は本気でお克の心配をしている。

「そうだな。それが俺の取り柄だ」

「心配ですねえ」

文之介は立ちどまった。

「勇七、腹、空いてねえか」

勇七が腹をさわる。

「もう昼をすぎてますからねえ、空いてますよ」

「あまり食い気はねえか」

「いや、そうでもありません。旦那は空いているんでしょう」

「まあな。勇七、なににする」

勇七がくすりと笑う。

「もう決めているんじゃないんですかい」

文之介が向かったのは、例の名もないうどん屋だ。深川久永町(ひさながちょう)のせまい路地を入る。だしのにおいが充満していた。

「いらっしゃいませ」

戸をあけると、元気のいい声が降りかかった。貫太郎(かんたろう)だ。もともとは子供掏摸(すり)だったのだが、足を洗い、この店で働いている。

「こちらにどうぞ」

貫太郎の妹のおえんに案内してもらい、座敷のまんなかに陣取る。もっとも、昼をだいぶすぎているために店内に客はいなかった。

「どうぞ」

茶の入った湯飲みが置かれる。

「ありがとよ」

「なににしますか」

「いつものやつだ。勇七もそれでいいな」

「けっこうです」

「冷たいのを二つ」

おえんが厨房(ちゅうぼう)に向かって声を張る。あいよ、と親父(おやじ)が笑顔で答える。

横で洗い物をしている貫太郎たちの母親のおたきも、前に来たとき以上に顔色がよくなっている。にこにこしていた。

明るさに満ちた店で、これなら客も居心地がいいだろう。

「おえん、おめえもずいぶんと慣れてきたみてえだな」

「ええ、おかげさまで」

「いいことだな」

文之介は茶を飲んだ。

「あれ」

湯飲みをのぞきこんだ。

「勇七、ちょっと飲んでみろ。うまくなっているような気がするんだけど、俺の勘ちがいかな」

どれどれ、と勇七が湯飲みを口に運ぶ。

「本当だ」

「そうだよな。俺の舌がおかしくなったわけじゃねえな」

おえんがくすくす笑っている。

「茶を替えたのか」

「はい」

おえんが文之介をじっと見る。ちょっと色っぽさを感じる。

「お客さんに喜んでもらいたくて、親父さんにいったんです。そしたら、そうだなってすぐに取り入れてくださって」

文之介は厨房のほうに顔を向けた。

「やるな、親父」

「いえ、あっしはなにもしてませんよ。これまでは、お茶まで気がまわってなかったんですよ。おえんにいわれて、はっとしたくらいなんですから。うどんさえうまいのを打っていればいい、って思っていたんですが、食べたあとのお茶を楽しみにする人もいるんだよなあって」

「なんにしろ、茶がうまくなったのはありがてえ」

「喜んでいただければ、それが一番ですね」

お待ちどおさま、と貫太郎がうどんを運んできた。文之介たちの前に置く。

「貫太郎、これ、おまえが打ったのか」

「さあね。とにかく食べてみてよ」

「なんだ、ずいぶんと思わせぶりじゃねえか」

文之介は箸を取り、ずるずるやりはじめた。それを見て、勇七も食べだす。

「うまいな、やっぱり」

「ねえ、誰が打ったと思う、文之介の兄ちゃん」

ちょっと待て、といって文之介はまたずるずるとやった。

「うーん、わからねえな。勇七、おめえ、わかるか」

「わかりません」

「そうか。よし、決めた。これは親父のうどんだ。なんというか、繊細な感じがある。この感じは、貫太郎にはまだだせねえ」

「残念でした」

「なんだ、貫太郎か。えらそうにいうんじゃなかった」

「それもちがうよ」

「じゃあ誰だ」

いいながら文之介ははっとした。

「おっかさんか」

「その通り」

「はあ、すげえな」

文之介は心の底から感心した。勇七も目を丸くしている。

「貫太郎がうどんを打つのがうまいのは、おっかさん譲りだな」

「いいえ、そんな大袈裟なものじゃありませんよ」

おたきが謙遜する。

「でも旦那」

厨房から親父が声をだす。

「旦那が繊細な、っておっしゃったのは、ですから正しいんですよ。あっしや貫太郎じゃだせない味ってことですからね」

「なるほど、女だからこそだせる味か。ということはだ、親父」

文之介がなにをいうのかわかっている表情だが、親父は黙って待っている。

「ここに来れば、三種類の味を楽しめるってことだな」

「そういうことですね」

「昨日は親父の打ったうどん、今日は貫太郎のうどん、明日はおたきさんのうどん、という感じになるかな」

「あっしも二人に負けずにがんばらないとならないですねえ。親父のうどんは食いたくねえ、なんていわれたくないですから」

「親父、うれしそうじゃねえか」

「そうですね。一所懸命修業した頃の気持ちを思いださせてもらってますから」

「若返るか」

「そうなるとうれしいですねえ」

文之介と勇七は親父や貫太郎たちの見送りを受けて、うどん屋を出た。

路地から通りに出たとき、勇七がいった。

「親父さんとおたきさん、一緒になるなんてこと、ないんですかねえ」

「雰囲気はよかったよな。十分にあり得るんじゃねえか」

「しかしあの親父さん、いったい何者なんでしょうねえ」

「まったくだ」

「おたきさんと一緒になれば、きっとわかるんとちがいますかね」

「そうかもしれねえな」

お克のことが尾を引いて、ややうつむき加減だった勇七の顔がいつもの生気あるものに戻っている。

うどんに元気を与えられたようだ。

六

細い道をゆっくりとあがる。

樹間から、今日の最後の陽射しが抜けてきていた。

風がないせいもあり、大気は蒸している。汗が、首筋から背中に滑るように落ちてゆく。

立ちどまり、懐から手ぬぐいを取りだして首をぬぐった。

少しすっきりした。また歩きだす。

坂が終わり、ひらけた場所に出た。ほう、と息をつく。

林を背に一軒の家が建っている。しばらくたたずんで眺めた。

広くていい家だ。林からは途切れることのない蟬の声がきこえている。土砂降りのようなすさまじさだ。

生垣をまわりこんで枝折戸を入り、庭に立った。

「いるかい」

なかに声をかけた。

腰高障子(こしだか)があき、おはやが姿を見せた。

「いらっしゃい」

「うん」

「あがって」

ありがとう、と沓脱ぎ(くつぬ)で草鞋(わらじ)を脱いだ。おはやがたらいに水を入れてくれた。

濡縁に腰かけ、水に足をつけると、疲れが抜けてゆく。

おはやが足を洗ってくれる。やわらかな手が臑(すね)やふくらはぎ、かかとやつま先を滑っていく。

あまりの気持ちよさに、うっとりと目を閉じた。幼い頃、母親にこうされたのを思いだす。せつない気持ちがわきあがる。

おはやが足を洗い終わり、手ぬぐいで水をていねいにふく。

濡縁から座敷に入る。

「夕餉にしますか」

「そうだな。腹が減った」

「もう支度してあります」

微笑を浮かべて、おはやが台所に去ろうとする。手をのばし、細い肩をつかんだ。

おはやが驚いたように振り向く。

「うまくいく」

力強くいった。

「まかせておけ」

おはやの表情が沈む。じっと見つめてくる。

「本当に」

「ああ、本当だ」

もっと強く口にした。

「信じろ」

いってから、ちらりと襖（ふすま）に視線を投げた。

「おとなしくしているか」

「ええ」

おはやは言葉少なに答えた。気がかりを面（おもて）に浮かべる。

「本当にいいの」

おはやのいっている意味はわかる。

「ああ」

心配させないように軽い口調で答えた。

「でも……」

「かまわん」

これは本音だ。昨夜とらえた男は、切り刻んでもいいと思っている。

笑みをつくった。

「飯にしてくれ」

「はい」

おはやが台所に向かう。

まな板を叩（たた）く音がきこえてきた。味噌汁に入れるねぎでも刻（きざ）んでいるのだろう。

座敷に大の字になった。目を閉じそうになったが、我慢してあけておいた。このまま眠ってしまいそうだ。

それほど疲れている。おはやにはうまくいくといったが、むろん不安がないわけではない。

足音がきこえた。

ゆっくりと体を起こした。

おはやが入ってきた。二つの箱膳（はこぜん）を器用に持っている。おはやに疲れているところを見せたくない。

「お待ちどおさま」

箱膳が目の前に置かれた。

「うまそうだな」

膳の上にのっているのは鮭（さけ）の塩焼き、わかめの酢の物、たくあん。あとは豆腐の味噌汁だ。ねぎが散らされている。

「いただくよ」

箸（はし）を手にした。

「どうぞ」

おはやに目をとめた。

「食べないのか」

「おまえさんが食べるのを見ていたいの」

「腹が空いてないのか」

「そんなことはないわ。でも、先におまえさんが食べるのを見たいの」

「変わった女だな」

「今わかったの」

苦笑を浮かべるしかなかった。

食べはじめた。鮭はほどよく脂がのっていて、嚙み締めると旨みがあふれる。塩加減がよくないとこうはならないのではないか。

いくらでも飯は進んだ。それを見て、おはやがにっこりと笑って食べはじめた。

わかめの酢の物も、上にのっている生姜がよくきいていて、食い気をさらに増してゆく。たくあんもおはやが漬けたもので、さしてしょっぱくはない。大根の旨みと甘みがわかる味にしあげられている。

最後に味噌汁をすすって、食事を終えた。

「うまかった」

満足して箸を置いた。

「こういうのに俺は憧れていたんだ。なにしろ、親父はほとんど家に帰ってこなかったからな」

一切れだけ残ったたくあんを指でつまんで口に放りこんだ。ぼりぼりと咀嚼し、おはやがいれてくれた茶で流しこむ。

「一緒に飯を食ったことなど、数えるほどしかない」

これまで何度もいったことだが、おはやははじめてのような顔できいている。

「よそに女がいたんだ。何人もな」

箱膳の上にそっと茶碗を置いた。

「おかわりは」

「いや、もういい」

おはやはうなずき、自分も茶を飲みはじめた。しみじみと味わっている表情が、いとおしい。

「俺は荒れたよ。長じた頃は、ほとんど家に帰らなかった。あれからだいぶたったが、こうして振り返ってみると、親父とやっていたこととまったく一緒だ。そのことに気づいて、おっかさんには悪かったなあ、と心から悔いたよ」

「今していることに悔いはないの」

不意に問われて、おはやを見た。

「ない」

「そう」

「やはり心配なんだな」

「当たり前でしょ」

「すまんな、心配かけて。いや、心配だけじゃすまないか」

「私のことはいいの。――いつなの」

「近いのははっきりしているが、いつなのかはまだわからない」

おはやから目をはずし、茶を飲もうとして、空(から)なのに気づいた。おはやが急須(きゅうす)を持ちあげる。

「酒にしてくれ」

おはやが立ちあがり、出ていった。戻ってきたときには大徳利(おおとつくり)を抱えていた。手には杯(さかずき)を二つ。

「どうぞ」

深みのある緑色をしている杯に、酒が注がれる。

一気に飲みほした。冷やだが、胃の腑(ふ)がじんわりとあたたかくなってゆく。

「うまいなあ。おはやも飲め」

徳利を傾ける。おはやはすっと杯を持ちあげ、飲んだ。白い喉(のど)が上下する。

それを見て我慢がきかなくなった。おはやを引き寄せる。

おはやはあらがわず、身を預けてきた。

おはやの着物の帯を解きながら、どうしてこの女に惚れたのか、と考えた。正直、自分でもよくわからない。

格別きれいというわけではない。見目のいい女なら、ほかにいくらでもいる。

目が母親に似ているからか。それとも、あまりしゃべらない、控えめなところが気に入っているのか。

単に相性なのかもしれない。この女と一緒にいると、疲れないのだ。

いや、むしろ癒される。

そういうのを俺はずっと欲していたのだ。

七

寝床で思いきりのびをした。

ああ、非番ていうのはやっぱりいいなあ。

文之介は心の底から思った。こうしてのんびり朝寝ができるんだからな。

奉行所のほかの者たちが、非番の日に朝寝をしているかは知らない。勤勉な者が多いから、つとめの日と同じようにすごしている者がほとんどかもしれない。

父上はどうしていただろう、と文之介は思いだした。やはり、よく寝ていたように思える。昼すぎに起きだすのも珍しくなかったのではないか。

文之介は父に遊んでもらいたくて起こそうとしたが、母親にとめられた。お疲れになっているのですよ。

丈右衛門が本当に疲れていたのか。休みの日はひたすら体を休める、との信念だったのではないか。めりはりをつけないと、仕事を続けられなかったのは事実なのだろう。

それにしても、こうして朝からなにもせずにいられるのは、ここ最近、大きな事件といえるものがないからだ。

仮になにか大きな事件があったにしても、又兵衛はしっかり休みを取るように口酸っぱくいうから、同じことになるのだろう。又兵衛がうるさくいうのも、丈右衛門のことが頭にあるからかもしれない。

腹の虫が鳴いた。

「腹、減ったなあ」

そうつぶやいたら、信太郎の泣き声がきこえてきた。

「相変わらずすごいな」

雷みたいだ。天上のお人も、そのすさまじさにびっくりしているのではあるまいか。

寝ていられなかった。丈右衛門があやしているはずだが、泣きやむ気配はまるでない。

布団をたたんだ文之介は手ばやく着替えをすませ、部屋を出た。

「駄目ですか」

庭で信太郎をおんぶしている丈右衛門に声をかけた。

「腹を空かせているんだろう」

「乳をもらいに行かないと」

「文之介、行ってくれ」

「はあ、わかりました」

文之介は信太郎を受け取り、おんぶした。間近にすると、泣き声はさらにすごい。鐘のなかに閉じこめられて撞かれたら、こんな感じになるのではないか。

「父上、はやく養子先を見つけてください」

思わず口をついて出た。

「なんだ、信太郎がいなくなったほうがいいのか」

「いえ、そういうわけではありませんが……申しわけございません。口が滑りました」

「まあいいよ。行ってくれ」

文之介は枝折戸を出ようとした。

「文之介さん」

道を小走りに駆けてきた女がいた。

今ちょうど乳をもらいに行こうとしていた屋敷の妻だ。名は清江。

「わざわざ来ていただいたんですか」

「だってこの泣き声だもの。きこえちゃうんですよ」

「そうですよね」

「すまん」

丈右衛門が頭を下げる。

「いいんですよ」

清江は文之介から信太郎を受け取り、濡縁に腰かけた。向こうを向いて信太郎に乳を含ませる。

白い胸元が目に入り、文之介はどきりとした。あわてて目をそらす。

「相変わらずよく飲みますね」

信太郎が酒でも飲んでいるかのように喉をぐびぐびさせているのが、文之介の位置からでもわかった。

「ええ、本当に。私は乳の出はいいんですけど、うちの子はあまり飲まないもので、乳が張ってしまうものですから、飲んでもらえるのは助かります」

「女の子でしたね」

「ええ。乳の飲み方がこうもちがうのはそれも関係しているのかもしれません」

信太郎はすっかりおとなしくなっている。

やがて清江が帰っていった。文之介と丈右衛門は心から礼を口にした。

「しかし文之介のいう通りだな」

丈右衛門が首を振り振りいう。

「本当になんとかしなきゃ、こちらの身がもたん」

「見つかりますか」

丈右衛門はむずかしい顔をした。

「文之介も心当たりがあれば、頼む」

「わかりました。定町廻りの際、町役人たちにそれとなくきいてみます」

それまでもやっていたのだが、うまくいっていない。あまりうまくいかないので、ここ二、三日はきくのが億劫になってしまっていた。

しかしそれではすみそうにない。力を入れなければ、と思った。

「文之介、今日はどうするんだ」

丈右衛門がきく。まずいな、と文之介は思った。なにもなければ信太郎の面倒を見てくれ、といわれそうな気がした。

子供は好きだが、赤子の世話というのは勘弁してもらいたい。子供たちと遊ぶのなら疲れも吹き飛んでゆくのだろうが、赤子相手では逆に疲労がたまりそうだ。

文之介は、目の前の道をどやどやとやってくる足音をきいた。甲高い声が混じり合っている。

おっ、助け船か。

「文之介の兄ちゃん」

案の定だ。仙太たちが来てくれたのだ。いつもの顔が並んでいる。全部で七人だ。

「遊ぼうよ」

丈右衛門が、しまった、という顔をしている。

「仙太、遊びたいのは山々なんだけどな」

文之介は信太郎を気にした。満腹になって、濡縁の上で穏やかに眠っている。

丈右衛門が苦笑を漏らす。

「いいよ、文之介。行ってこい。信太郎の世話はわしにまかせろ」

「えっ、さようですか」

「白々しいんだよ。はやく行け」

「ありがとうございます」

文之介は信太郎を丈右衛門に押しつける形で、仙太たちと遊びに出た。少しうしろめたさがないわけではない。

だが、断れば仙太たちが悲しむ。それがわかって丈右衛門も許してくれたのだろう。

「ねえ、文之介の兄ちゃん」

仙太が見あげる。

「今日は一日遊べるの」

「ああ、そのつもりだ。この前、約束したからな」

いつもの行徳河岸近くの原っぱに行った。

ほとんど陽射しをさえぎる物はなく、原っぱは日に焼かれていた。いつもなら風にそよぐ草たちも、その元気すらなくしたようにじっとうつむいている。

それでも、きれいな緑色をしっかりと保っているのは健気だった。

「しかし暑いな」

ここまで歩いてきただけで、着物が汗びっしょりになった。顎からも汗がしたたり落ちてゆく。

「それで、なにをするんだ」

「鬼ごっこがいいね」

進吉がいう。

「へえ、このくそ暑いなかを走りまわろうっていうのか。おめえら、信じがたいほど元気がいいな。その元気の源はなんなんだ」

「子供ってもともと元気がいいものでしょ」

「その通りなんだよな」

文之介は昔を思いだしてうなずいた。

「俺もおめえたちの頃には、暑さなんか関係なく走りまわっていたもんだ。しかしどうしてかな、大人になると、あまりそういうことはしなくなっちまうな」

とにかく鬼ごっこははじまった。

いつものように文之介が鬼だ。

子供たちはすばしっこい。しかし文之介も毎日、町をめぐっている。負けるわけにはいかない。同心としての矜持もある。

原っぱの外に出てはいけないという決まりがあるから、一人一人、これと狙いを定めた子供を縁に追いつめていってはつかまえた。

四半刻近くかかって、全員をとらえた。

「きついなあ」

汗はだらだらで、着物のまま風呂に浸かったかのようだ。

荒い息もおさまらない。動悸は急調子の太鼓のようだ。

文之介は草の上にへたりこんだ。

「文之介の兄ちゃん、大丈夫」

「顔色が悪いよ」

子供たちが案じてくれた。

「ちょっとしばらく休ませてくれ」

仙太がじっと見ている。

「文之介の兄ちゃん、歳を感じる」

「まあな」

文之介は荒い息とともに顎を上下させた。

「これでも鍛えているつもりなんだが、まだまだだな」

「おいらたちがもっと鍛えてやるよ」

「頼む」

「ねえ、文之介の兄ちゃん」

これは次郎造だ。

「お水、飲む」

「あるのか」

「あっちに竹筒、置いてある」

指さしたのは背の低い木々が集まって、日陰をつくっているところだ。

「取ってきてくれるのか」

次郎造がうれしそうに走っていき、すぐに戻ってきた。竹筒は全員の分を持ってきたようだ。何本も手にしている。いずれも竹林から切りだしたばかりのような青々しさだ。

「はい、どうぞ」

文之介は一本を受け取った。

「ありがとな」

喉を鳴らして飲んだ。その様子を子供たちが笑顔で見守っている。

「うまかったあ」

文之介は半分残して、竹筒を返した。息も動悸もすっかりおさまっている。

「おめえたちは飲まないのか」

「まだそんなに喉、渇いてないからね」

子供たちは竹筒を腰に結わえている。

「そうか。強いな」

文之介はすっくと立ちあがった。

「よし、いいぞ。それで次はなんだ」

剣術ごっこ、と子供たちは声をそろえた。

「よし、やるか」

文之介は棒きれを手渡された。びゅんと振る。軽くていい音がした。

「文之介の兄ちゃん、誰かほしい」

「そうさな」

文之介は、子供たちの顔を順繰りに見ていった。さっき竹筒を持ってきてくれた次郎造と目が合った。

「よし、次郎造をもらおう」

次郎造が文之介のそばに来た。

「次郎造、俺の背中から離れるなよ」

「まかしといて」

「文之介の兄ちゃん、いつものようにまいった、といったら負けだよ」

「わかってるよ。このところずっと負け続きだが、今日こそはおめえらにその言葉、いわせてやるからな」

「そううまくいくかな」

仙太がにやりと笑った。

その自信たっぷりな笑顔に、文之介は動揺した。なんだ、こいつ。またなにか策を用意してあるのか。

いや、こんな子供に心を惑(まど)わされて、情けねえやつだな。しっかりしろ。

棒きれを構える。

「よし、いつでもかかってきやがれ」

仙太たちは文之介のまわりをずらりと取り囲んだ。

文之介は、ちょっと本気になっている。子供たちを痛い目に遭わせる気などさらさらないが、負けるつもりもない。

たまには勝負の厳しさというものを教えてやらねえとな。

いつものように仙太たちは打ちかかってきた。びゅんびゅん振りまわしているが、真剣を持つ相手と何度も対決したことがある文之介には年寄りが振っているも同然だ。軽々と打ち返した。

背後で次郎造も奮戦している。こうしている分には危ないことはまったくない。楽なものだ。

しかし日に焼かれて、だいぶ暑くなってきた。動悸も息も荒くはないが、汗が額からにじみだしてきた。

それが目にしみる。しかし仙太たちは休もうとしないから、汗をふく暇がない。

まずいな。目が痛くなってきてもいる。

汗をふかせてほしいなどといっても、子供たちが受け入れるはずもない。お互い、条件は互角なのだから。

文之介は目をしばしばさせながら、棒きれを振るい続けた。

左手で汗をぬぐっては右手で棒きれを振るう、という形になっている。

また左手をあげて目のところの汗をふこうとしたとき、今だ、と仙太がいった。

いきなり、一瞬死角になった左側からなにか生ぬるいものがあびせられた。

なんだ、と思ったが、すぐに水だとわかった。皆が腰から竹筒をはずし、水をかけてきたのだ。

なんの意味があるんだ、と文之介はいぶかった。水をかけて目潰しにでもしようというのか。

しかしむしろ汗が流されて、文之介にはありがたかった。もっとやってくれ、と思った。

文之介が汗をぬぐうたびにさらに水が浴びせられる。暑いなか、気持ちよかった。

意味がないとさとったのか、水の攻撃はすぐに終わった。

「なんだ、もうおしまいか」

文之介がいった途端、仙太たちがぐるぐるまわりはじめた。

「おっ、なんだ。今度はなにをする気だ」

文之介は油断なく目を光らせ、なにかを一番にやらかしそうな仙太に目を当て続けた。

仙太たちの動きに合わせて、体をまわす。

なにかを踏んだ。なんだ。

それが足の下でぐるんと回転した。その弾みで文之介は体勢を崩した。

あわてて見ると、草のなかに竹筒があった。いつの間にか子供たちは、腰の竹筒を草のあいだに転がしていたのだ。いや、水をかけたときだろう。

まずい。そう思って足を引いたら、また竹筒を踏みつけた。

竹筒がまたも動き、ひっくり返りそうになったが、なんとかこらえた。

しかし、その隙を仙太たちが見逃すはずがなかった。

文之介は繰りだされる棒きれをすべて受けようとしたが、左から振られた棒きれを受け損ねた。尻にまともに入る。

痛えっ。文之介は飛びあがった。

それからは仙太たちの思い通りにされた。びしびしと足や腰、背中を打たれた。

「まいった」

うずくまった文之介は悲鳴のような声をあげた。

「やめてくれ」

棒きれを投げ捨て、座りこむ。

「あー、痛え」

文之介は次郎造をにらみつけた。

「文之介の兄ちゃん、どうしてそんな顔、するの」

「とぼけるな」

文之介は鬢をがりがりとかいた。

「おめえが水を飲むかってきいたのは、全員に竹筒を結わえさせるためだったんだな。剣術ごっこを前に、動きにくくなる竹筒を腰に結わえるっていうのはなんとなく妙な気がしたんだ。だが見逃しちまった。それにこの緑の草だからな、竹筒を転がされても気づかねえや。やられたよ」

文之介は仙太を見た。

「またおめえの知恵か」

「まあね」

「しかしおめえ、剣術の才があるのかもしれねえなあ」

「えっ、ほんと」

「ああ。そんなにいろいろと計略を考えられるっていうのは、その手の才がねえとできねえもんだ。それに、ちょっと体勢さえ崩してやれば勝てるってわかっているところなんざ、たいしたものだと思うぜ」

それからもかくれんぼなどをして遊んだ。

気づくと、昼をすぎていた。

「腹が減ったなあ。なにか食いに行くか」

「文之介の兄ちゃんのおごり」

「当たりめえだ。おめえらに金ださせるわけにはいかねえだろう。なにがいいんだ。蕎麦切りか」

子供たちは額を寄せ合って相談をはじめた。

「行きたいところがあるんだけど」

「どこだ」

「ついてきてよ」

「高いところじゃねえだろうな。料亭とかは無理だぞ」

「おいらたちだって、人を見てるよ。文之介の兄ちゃんじゃあ、料亭なんか入ったことないでしょ」

むっと文之介はつまった。一度くらいはある、といおうとしたが、それもむなしかった。

着いたのは、東湊町一丁目だ。すぐそばに円覚寺という寺が建っている。府内八十八ヶ所めぐりの十三番目の札所だ。

一軒の店の前で仙太たちは足をとめた。

「ここだよ」

「前から目をつけていたんだ」

寛助がいった。

文之介は建物の横に張りだしている看板を読んだ。

売り物は看板によると、笹巻寿司(ささまき)というものらしい。

「五十鈴屋(いすず)か」

「笹巻寿司ってなんだ」

「おいらたちも知らないよ」

「そりゃそうだろうな」

ちんまりとした店だ。暖簾がかかって風に揺れているところを見ると、やってはいるようだ。

高くねえだろうな。文之介は代が心配だったが、そんなことはいえない。

「よし、入ってみよう」

戸をあけると、あがり框(かまち)があり、座敷が広がっていた。

客は数名入っている。客と話をしていた女将(おかみ)らしい女が立ちあがった。

「いらっしゃいませ」

「いいかな」

文之介は子供たちを手で示した。女将は笑顔になった。

「もちろんですよ」

これはいい店に当たったかもしれねえぞ、と文之介は思った。客に対して態度がいいところは味もいい、というのは前からずっと感じていることだ。

さっそく座敷にあがった。女将にきくと、好きなネタを注文してくれればいい、とのことだ。

壁に品書きが貼ってある。一個十文だ。正直、高いなあ、と思った。一人十個として、俺を入れて八人だから、八百文だ。

そんなに金があったかな。文之介は一気に不安になった。

今日のためにいつもより金は財布に入れてきたが、それでも足りるかどうかぎりぎりだろう。

品書きはそんなに多くはなく、鯛や海老、穴子、鯖などだ。

「おめえら、いいか。一人十個までだぞ。それ以上は食うな」

「はーい」

子供たちはききわけがいい。さすがに一個十文というのにびびったのかもしれない。

適当に注文する。

女将が、お待ちどおさまでした、と持ってきた盆には、笹がまるまったものがいくつも置かれていた。

さっそく手にしてみた。笹をひらくと、きれいにくるまれている鮨が出てきた。

「よしみんな、食べろ」

文之介も醬油をつけ、口に運んだ。

鮨は鮨だが、ほんのりと笹の香りがネタについている。それが口のなかをさわやかにしてくれる。

「うまいな」

「おいしいね」

「こんなのはじめてだよ」

みんな満足顔だ。

「こいつは江戸の食い物なのか」

女将にきいた。

「いえ、もともとは上方のほうのようですよ。亭主が向こうに行ったとき、こんなのがあるって覚えて帰ってきたんです」

「でも工夫だよな。こういうふうにしてくれると、食い気が増すものな」

「さようですか」

女将が顔をほころばせる。

「そういっていただけますと、一所懸命つくった甲斐がございます」

その後、茶を飲み、勘定にしてもらった。子供たちは文之介のいいつけを守り、一人十個は食べなかった。もっとも、一つ一つがそこそこ大きく、子供ではとても十個などは食べられなかった。そのあたりは江戸ふうだろう。

財布の中身が心許（こころもと）ない文之介にとってはありがたかった。おかげで払いは足りた。

そのあと原っぱに戻ったが、しばらくは腹がこなれるのを待った。

それから、日暮れまで子供たちと遊び続けた。天気はずっとよく、文之介は痛いほどに日焼けした。

八

昨日とは一転、今日は朝から曇っている。昨日はきれいな夕焼けで、今日もいい天気になると思っていただけに、お春には意外だった。

しかし雨になるような雲行きではない。雲は厚みはあって重く垂れこめているが、雨をはらんではいないようだ。

むしろ陽射しがさえぎられ、暑さがやわらぐのはありがたかった。

こういう天気なら、と思った。出かけてもいいだろうか。

約束はした。だが、昨日までは迷っていた。いや、今朝（けさ）も起きたときにはどうしようか、悩んでいた。

でもこの曇り空というのは、出かけろ、と天がいっているような気にもなってきた。

よし、行こう。

お春は唇に紅を引き、家を出た。いつものことで、供の者はついてこない。待っているのは、永代橋の西側の袂といわれた。

永代橋に近づくにつれ、どきどきしてきた。これはまちがいなく逢い引きだろう。男の人とこんなふうに待ち合わせるなど、はじめてのことだ。

約束の刻限は四つ。今ちょうどくらいだろう。おくれ気味だが、少しくらい待たせてもいいのでは、という気はしている。

永代橋に着いた。多くの人が行きかっている。行商人や蔬菜の籠を背負った百姓、商談に向かうらしい商人、供を連れた侍などが多いが、所在なげにたたずんでいる人も少なくない。

在所から江戸見物に出てきている者、一見して明らかに勤番侍が暇つぶしにやってきた、という者の姿も目立つ。

どこだろう。お春は捜しながら、前に進んでいった。

いない。拍子抜けする。

私のほうが先に着いてしまったのだろうか。

「お春さん」

うしろから肩を叩かれた。

振り向くと、初蔵の笑顔があった。

「すみません、ずっと前から来ていたんですけどね、お春さんが来たのに気づかなかった。申しわけない」

「いえ、いいんです」

初蔵が笑みを深いものにする。

「それにしても、よく来てくださいました。うれしいですよ」

「私もちょっと気分が沈んでいたものですから、お誘いはうれしかった」

「でも何度も誘っても、駄目だったじゃないですか」

「すみません。どうしてもその気になれなかったんです」

「そうですか。人間ですから、そういうこともありますよ」

初蔵がまわりを見渡す。相変わらず人は一杯だ。

「お春さん、どこか行きたいところはありますか」

「いえ、別に」

「そうですか」

初蔵はほんのつかの間、考えたにすぎなかった。

「でしたら、八卦見(はっけみ)に行きませんか」

「八卦見ですか」

「ええ、占いです。おきらいですか」

「いえ、好ききらいはありません。だって見てもらったこと、ありませんから」

「えっ、そうなんですか。大店の娘さんなのに珍しいですね」

「そうですか」

「大店の娘さんだからということはないでしょうけれど、若い娘さんて、だいたい占いが好きなんじゃないですか」

「そうでしょうね。私はそんなに信用はしていないんですけど」

「それなら、やめにしますか」

「いえ、行きましょう。一度くらい、占ってもらってもばちは当たらないでしょうから」

初蔵が先に立って歩きだした。永代橋を深川のほうに渡る。大川には、いつものようにめまぐるしいほど多くの舟が行きかっている。

「今日は涼しくていいですねえ」

川をくだる風を浴びて、のんびりと口にした。

お春は少し離れて、斜めうしろをついていった。

初蔵は精悍な横顔をしている。小間物屋として三増屋に行商に来ているときとは、ずいぶんちがう。たくましさがある。なにか男というものを感じさせた。

こういう人なら、きっともてるんだろうなあ。好きな人はいるのかしら。

でもいるんだったら、私を誘ってくるわけないわね。

そのあたりはどうなのだろう。どうして私を誘ったりしたのだろうか。

お春はそのことをきいた。

びっくりしたように初蔵が振り返る。

「お春さんはなにしろきれいですからね。こうして一緒に歩きたかったというのが一番ですかね。それと、どこか暗い感じがしたので、気晴らしになればいいんじゃないかとも思いました。それにこれが一番大きいんですが、あっしがお春さんと親しくなれば――」

そこで言葉をとめた。まさか一緒になれるかもしれない、とかいいだすのではないか、とお春は緊張した。

「商売のほうにもいい影響があるんじゃないかって思えるんですよ」

お春は肩から力を抜き、小さく笑った。

「そうでしょうね」

「でもお春さん」

「なんです」

「お春さんこそ、どうして急にあっしの誘いを受ける気になったんですかい」

どうしてなのか。この涼しい天気も関係しているだろう。それに、この初蔵という男の寂しげな表情が気になったせいかもしれない。

文之介のこともあるかもしれない。定町廻り同心ということもあり、あの人は女の人と知り合う機会がやたらに多いようなのだ。

「わかりません」

「そうですか。だったらあっしも深くはきかないことにしますよ」

途中、初蔵は腹が空かないか、喉が渇かないか、疲れていないかなど、とにかくよくきいてきた。

気が利くなあ、とお春は思った。このあたり、女の扱いに慣れているようだ。文之介にこの細やかさを望むのは無理だろう。

こうして初蔵と一緒にいても、つい文之介とくらべてしまう自分にお春は気づいた。

「こちらですよ」

初蔵が足をとめたのは深川西平野町(にしひらのちょう)だった。仙台堀(せんだいぼり)のすぐ近くに建つ、どこにでもある一軒家だ。

「よく当たるという評判なんです」

看板が路上に置かれている。八卦見永幸庵(えいこうあん)と記されていた。

なかに入ったが、とても暗く、お春は不安な気持ちになった。二度と生きて出られないのではないか、というのが大袈裟ではないような気がした。

先客はいなかった。あまりはやっていないのでは、と思った。

六畳間に通された。ろうそくが一つ灯され、易者が机の前にちんまりと座っていた。

易者のうしろには神棚が祀られている。

易者は小柄な人物だった。もっと押しだしのいい人を考えていたから、お春には意外だった。髪は真っ白で、ろうそくに淡く照らされた瞳が聡明そうな輝きを帯びていた。

「なにを占おうかの。二人の将来かな」

響きのいい声でいう。

「いえ、あっしらは別にそういう仲ではないので、一人一人の将来をお願いします」

きっぱりとそういったから、お春は少しだけ寂しい気になった。でも、この初蔵という人と深い仲になるはずがなかったから、ありがたくもあった。

易者は筮竹をじゃらじゃらさせて、占いはじめた。最初はお春だった。

「おまえさん、なかなかいい運勢じゃの。このまま流れにまかせれば、ずっといい運勢のままじゃ。しかし、もしかするとたいへんな災厄に巻きこまれるかもしれん」

「えっ、いつのことです」

「そんなに遠い将来ではない。ただ、もしかするとなにごともなく避けることができるかもしれんな」

「災厄ってどんなことでしょう」

「それはわしにもわからん。おまえさんに関わってくるのはまことじゃ」

さらに筮竹をじゃらじゃらさせた。

「ふむ、おまえさん、好きな人がおるな。ふむ、こちらのお人ではない」

どきりとした。

「その人とどうなるか、気になるところじゃろうが、ここではいわんでおこう」

えっ、そうなのか。肩すかしを食らった気分だ。この易者がいったのは、文之介のことでまちがいないだろう。

「もっとききたいんですが」

易者はにっこりと笑った。

「案ずることはない、ということかな。災厄が二人を深く結びつけてくれるかもしれん」

易者は筮竹をそろえた。

「今、わしがいえるのはそのくらいじゃな」

初蔵のほうを見た。

「では、おまえさんの番じゃ」

筮竹をじゃらじゃらやったあと、じっと目を落とした。

「あまりいい卦ではないの。おまえさん、もしかしたら、へまを犯すの。いや、もう犯しているのではないか」

「へまというとどのようなことですか」

「ききたいかの」

「ええ、是非」

易者が深く顎を引く。

「命に関わることじゃ」

「本当ですか」

「ああ、本当じゃ。でも当たるも八卦当たらぬも八卦、と申すからの。あまり深刻に考えぬことじゃ」

易者に慰(なぐさ)められるようにいわれたが、初蔵が顔を暗くしたのはお春にもはっきりとわかった。

易者の家を出てからも、しばらく初蔵はうつむいたままだった。

お春はかける言葉が見つからず、黙っていた。実際、自分に降りかかるかもしれない災厄のことに心を奪われてもいた。いったいどんなことなのか。

「お春さん、ちょっと休みませんか」

お春たちは易者の家近くの茶店に入った。

「いや、まいりましたよ」

初蔵が頭をかく。

「へまをして、命を落とすってんですからねえ」

「心当たりはあるんですか」

初蔵は手を振った。

「滅相もない。あっしはしがない小間物屋ですからね、そんなこと、さっぱりわからないですよ」

茶がきて、団子もきた。

団子をほおばりながら初蔵が口をひらいた。

「今、三増屋の景気はどうなんですかい」

いきなりそんなことをきかれ、お春は面食らった。

「悪くないとは思いますよ。私は店のことはあまり知らないんです」

「そうですか。いつも元気のいい奉公人がたくさんいらっしゃるから、景気はいいんでしょうねえ。ああいう元気のいい店に、不景気の風は入ってこないものなんですよ」

そういうものかもしれないな、とお春はうれしく思った。

「屋敷のほうはどうなんです」

「屋敷のほうっていいますと」

「ご主人はどちらに寝ているんですか。お春さんのすぐそばですか」

「いえ、そんなに近くはありません」

「ご主人の寝ている部屋に、座敷蔵（ざしきぐら）があるんですかい」

初蔵はそのほかにもいくつかの問いをしてきた。

さすがにおかしいという気持ちになり、お春は顔がこわばった。

「どうしてそんなことをきくんですか」

「いえ、ちょっとした興味ですよ。気を悪くしたんだったら、忘れてください」

その後、初蔵は無言で団子を食べ、茶を飲んだ。

「お春さん、富岡八幡宮（とみおかはちまんぐう）に行きませんか」

お春は気が進まない。

「なにかまずいことでも」

あのあたりは文之介の縄張（なわばり）だ。もしかすると、会ってしまうかもしれない。初蔵と二人でいるところを見られたくない。

「いえ、まずいことなどありませんが」

「でしたら、行きましょう」

お春はうなずくしかなかった。

九

「あ、あれ」

勇七が声をあげた。

「どうした」

しかし勇七はかぶりを振った。

「なんでもありません」

「なにをとぼけてんだ」

「なにもとぼけちゃいませんよ」

「嘘をつけ。いってえいつからつき合ってると思ってんだ。勇七の嘘なんざ、こちとら、すぐに見抜けるんだよ」

「なんでもないですって」

この野郎、意地でも教えねえつもりだな。文之介は勇七がなにを見たのか捜した。

すぐに目に飛びこんできた。

「お春じゃねえか」

いった途端、自分でも目が険しくなったのがわかった。一緒に男がいたからだ。二人は仲町通（なかまちどおり）を歩いている。

お春は落ち着きなく、きょろきょろとまわりを見渡している。そのことを男にいわれたのか、前だけを見はじめた。

「誰だい、あいつは」

文之介は確かめたくて、走りだした。

お春たちは半町ほど先にいる。それだけの距離があるから、男がどんな顔をしているのかわからなかったが、少なくともやせていて姿がよかった。

走りながら、文之介は胃の腑がねじれるような思いを味わった。なんてこった、お春に男ができちまった。

俺に会おうとしなかったのは、ほかに男ができたからなのか。

足が重くなってくる。本当は男の顔など見たくないのに気づく。

とまろうとする足をなんとか励まして、文之介は駆け続けた。

ぐんぐんと二人に近づいたが、その前に意志とは関係なく立ちどまらざるを得なかった。

二の鳥居、表門とくぐり、二人は富岡八幡宮に入っていったからだ。町方（まちかた）は寺社地に足を踏み入れられない。

お春に笑いかける男の横顔が見えた。

「あっ、あの男」

文之介は声をあげた。

勇七も驚いている。

「あの小間物屋ですね、お知佳さんのところにいた」

「そうだ。確か駒蔵(こまぞう)っていったな」

文之介は遠ざかる二人のうしろ姿を見つめた。

「くそっ、追いかけてえな」

入っちまおうか、と文之介は思った。

「旦那、駄目ですよ」

文之介の心を読んで、勇七がたしなめる。

「わかってるよ。そんな無茶はしやしねえ」

二の鳥居の向かいに水茶屋がある。とりあえずそこに座って、二人が出てくるのを待つことにした。

「しかし、どうしてお春があの野郎と一緒なんだ」

冷たい茶を飲みながら、文之介は口をとがらせた。胸にいやな予感が兆(きざ)している。

「勇七、あの野郎、小間物屋をやっているが、堅気じゃねえよな」

「ええ、そう思います」

「やつはいってえなにが狙いで、お春に近づいたんだ」

「なんでしょうねえ」

「あの男、もし狙いがあってお春に近づいたとしたら、お春の男じゃねえってことになるな」

「そうなりますかね」

「なるだろ」

「まあ、そうですね」

文之介は、お春に男ができたわけじゃないんだな、と自らを納得させた。胸のつかえが取れた感じがする。

だが、堅気でない男がどうしてお春に近づくのか。女衒かなにかか。

それとも、ほかに目的があるのか。

四半刻ほどで、二人は富岡八幡宮を出てきた。笑顔で言葉をかわしている。

それを目の当たりにして、文之介は妬心が猛烈にわいた。お春のやつ、最近、あんな笑顔、見せたことねえじゃねえか。

お春たちは、仲町通を西に向かって歩きだした。

「よし勇七、追いかけよう」

へい、と返事をして勇七がうしろにつく。

二人はゆったりとした足取りだ。傍目(はため)にはいかにも逢い引きを楽しんでいる男女にしか見えない。

文之介はむかむかしている。なにをしてるんだ、とお春を怒鳴りつけたかった。

だがそんなことをいったところでなあ、とも思う。俺たちの仲は、そんなこと、いえるところまで進んでねえからなあ。

駒蔵がお春を出合茶屋(であいぢゃや)にでも連れてゆくのでは、と案じたが、駒蔵はなにもすることなく三増屋に送り届けた。

その振る舞いには、洗練されたものが感じられた。

慣れてやがんな、あの野郎。

「勇七」

「わかってます」

勇七は駒蔵をつけはじめた。それを見送ってから、文之介は三増屋の暖簾を払った。

お春はちょうど奥に下がろうとしているところだった。

「お春」

文之介は背中に声をかけた。

びっくりしたようにお春が振り向く。あら、といって前に出てきた。笑みをたたえている。お春はやはりきれいだ。

「久しぶりね」

「話がある」

文之介の真剣さに圧（お）されたように、お春が表情を引き締める。

客間に通された。

「お話って」

「駒蔵のことだ」

「誰それ」

「とぼけるな」

「とぼけてなんかいやしないわ」

「今まで一緒にいた男だ」

「どうして私が男の人と一緒にいたのを知っているの」

「富岡八幡宮のところで見たからだ」

お春がやっぱりという顔をした。

「あら、そうなの」

じっと見つめてきた。

「あの人は駒蔵さんなんかじゃないわ。初蔵さんよ」

「初蔵だって」

「ええ、そう名乗っているもの」

「お知佳さんのところでは駒蔵って名乗っていた」

「えっ、そうなの」

「ああ。別の名をつかうなんて、うしろ暗いことがある証だな」

「文之介さん、初蔵さん、いいえ、駒蔵さんのこと、気にしているの」

「そうだ。怪しいやつだからな」

文之介はお春を見据えた。

「どうしてあの男と一緒だったんだ」

「妬いてるの」

「お春、俺は同心としてきいてるんだ」

お春がうつむき加減になった。

「どうしてって、一緒に八卦見に行って、茶店に行って富岡八幡宮に行っただけよ」

「なにを話した」

「別に。世間話よ」

「本当か」

「うん……」

文之介は見つめた。お春はなにか迷っているように見える。

「お春、なにかいいたいことがあるんじゃないのか」

一瞬びくりとしたが、お春は口をひらかない。

「ないのか」

「ええ、ないわ」

なにを隠しているんだろう、と文之介は推測した。まさか、やつのことをかばっているんじゃないだろうな。

「駒蔵とは二度と会うんじゃないぞ」

「どうして」

「二つの名をつかいわけてるような男だぞ。おかしいだろうが」

「そうね」

お春は逆らわなかった。にこっと笑って続ける。

「文之介さん、やっぱり妬いてるんでしょ」

「そんなんじゃない」

文之介はいい捨てるや立ちあがった。

「断じてそんなんじゃないからな」

文之介は客間を出て、廊下を歩いた。暖簾をさっと外に払って、三増屋をあとにした。

通りで勇七の帰りを待った。今日は陽射しがなくて、こういうときは助かる。

それにしても、と思う。なにかお春は隠している。

よもや。文之介は思い当たった。俺がさくらちゃんのことで隠しごとがあるから、お春も隠しているのか。

考えられないことではない。お春はなにしろ勘がいいのだ。

でも、じかに話をしたのならともかく、いくら勘がいいからってそこまでわかるものなのだろうか。

でもお春だからなあ。

そんなことを考えているうちに、勇七が頭をかきつつ戻ってきた。

「すみません、撒かれちまいました」

文之介は気にするな、と勇七の肩を叩いた。

「撒いたってことは、あの野郎、勇七の尾行に気づいたってことだな。やっぱりあいつ、悪党だな」

「そうですね。撒くのはお手の物といった感じでしたよ」

文之介は、これからどうするか、少し考えた。

「勇七、行こう」

文之介は歩きだした。

「どこに行くんですかい」

「お知佳さんのところだ」

「今どっちですかね」

「深川島田町のほうだろう」

お知佳の長屋がある町だ。

文之介の思った通り、お知佳は奉公先の才田屋から戻ってきていた。

「疲れているところ、すまないな」

「いえ、いいんですよ」

お知佳はいって、文之介たちにあがるように勧めた。

「いや、ここでいいよ」

文之介はせまい式台に腰かけ、勇七は土間に立っている。

「ききたいことがあるんだ。小間物売りの駒蔵のことだ」

「駒蔵さんですか」

お知佳は意外な人の名を耳にした、という顔だ。

「ここしばらく、駒蔵さんは来ていないんですよ」

「でも前はよく来ていたんだよな。駒蔵となにを話していたんだい」

「別にたいしたことじゃありません」

お知佳は平静に話した。

「ただの世間話です。今、江戸でなにが起きているかとか、お勢のこともときおり話題になりましたけど」

お勢は部屋の隅で寝ている。腹に手ぬぐいがかかっている。

「ほかには」

「私の奉公先のこともちらっと話をしたことがあります」

文之介は顔を少しだけ近づけた。

「どんなことをきいた」

「いつから奉公にあがるのかとか」

「それで」

お知佳は首をひねった。

「そういえば、私が通いであるのを話したら、急に興味を失ったように見えましたね」

「そうか」

文之介は相づちを打った。

「駒蔵ってどんなやつだい。なんでもいいから、感じたことを話してくれないか」

「そうですね」

お知佳は頭のなかで答えをまとめている。

「とにかくきき上手なんですよ。人の話を黙ってきく。しかもそれがとても興味があるようにきいてくれるから、こちらも話すのがとても楽だし、うれしいんですよ」

「なるほど」

ほかにお知佳の感じているものはなかった。

文之介は礼をいってお知佳のもとを離れようとした。

「丈右衛門さまはお元気ですか」

お知佳がきいてきた。

どうやら最近は、あまり会っていないようだ。誰もかもなかなかうまくいかねえもんだなあ、と文之介は思った。

「お知佳さん、たまには顔を見せてやってくれないか。そうすると、親父が若返って俺もうれしいんだ」

「承知しました」

明るい笑顔でいってくれた。この笑顔を見る限り、お知佳が丈右衛門に思いを寄せているのははっきりしている。

ということは、丈右衛門のほうにうまくいかない理由があるのだ。歳のことかな、と文之介は思った。父上はいろいろと考えちまうんだろうなあ。

俺はあんなに賢くなくてよかったぜ。

「旦那、なにをぶつぶついっているんですかい」

「独り言だ」

文之介と勇七はお知佳の長屋を離れた。

「駒蔵のやつ、なにが狙いなのかな」

長屋の木戸(きど)をくぐり抜けて、文之介はつぶやいた。

「三増屋の身代(しんだい)だろうか」

「どういう意味です」

「お春は一人娘だ。下に弟がいるが、お春をもらっちまえば三増屋の商売に関し、いろいろと口だしができるようになる」

「まあ、そうでしょうね」

「跡取りの弟をないがしろにしつつ、いつしか三増屋を我が物にする」

「ずいぶん気長な策ですねえ。悪者には似合いませんよ」

勇七が穏やかな口調でいう。

「三増屋には藤蔵さんもいます。まだ十分に若い。お春ちゃんを女房にしたからといって、そううまくは運ばないんじゃないですか」

「だったら勇七はなにが狙いだと思う」

勇七が腕を組む。

「押しこみか盗(ぬす)っ人(と)ですかね」

「なるほどな。お春から内情を探ろうっていうのか」

「押しこみの場合、お春ちゃんを丸めこみ、操ることができれば……」

「お春に手引きさせようっていうのか。お春はそんなのに乗るような愚かな女じゃねえぞ」

「そりゃそうですね」

勇七がまじめな顔で答える。

文之介は空を見あげた。厚い雲が西から切れはじめ、そこからいくつかの陽の条が射しこんでいる。

勇七に目を転じる。

「もし駒蔵が徒党を組まずに一人なら、盗っ人というのが考えやすいな。もし仲間がいるんだったら、押しこみかもしれねえ」

「ここしばらく、押しこみはないですねえ」

「そうだな。盗っ人のほうもねえな」

「いまだに解決のついていない押しこみはありませんかい」

文之介は顎をなでた。

「今、鳴りをひそめている連中ということか。一度、奉行所に戻るか」

先輩同心にきくなり、書庫で調べるなりすればいい。

「ここで待っていてくれ。すぐ戻る」

勇七と奉行所の表門のところでわかれ、文之介は詰所（つめしょ）に入った。

先輩の石堂（いしどう）が文机（ふづくえ）の上に置いた紙に、なにか書きこんでいた。

文之介は呼びかけた。石堂が振り返る。

「おう、文之介。帰ってきたか。はやいな」

「いえ、まだ途中です。少し気がかりなことがあったんで、戻ってきたんです」

「気がかりだと。どうした」

文之介は解決していない押しこみ事件がないか、きいた。

石堂が手にしている筆を静かに置く。

「一つあるぞ。文之介だって覚えているのとちがうか」

「なんでしたっけ」

「まだ二年はたってないか。でも二年近く前だな、あれは」

今と同じように暑い時季だった。押しこみに入られたのは、砂糖問屋の川鍋屋（かわなべや）という店。問屋だが、盆山飴（ぼんざんあめ）という水飴を小売りしていることでも知られていた。石堂によると、絶品だったということだ。

問屋としても小売店としても繁盛している店で、押しこみたちは八百両もの大金を奪った。殺されたのは手代が一人。下手人は六人組、と店の者は証言している。

そういわれてみれば、そんな事件があった。もっとも、文之介は見習から正式な同心になったばかりで、ほとんど探索の役に立たなかった覚えがある。

「押しこみはそれ以後、音沙汰なしですか」

「そうだ」

「八百両を六人で単純に割ると、一人頭百三十両ほどですね。二年を遊んで暮らすのには、十分でしょうか」

「そりゃ十分すぎるだろう」

自らの薄給に思いが至ったらしい石堂が深くうなずく。

「でも、そろそろ金が尽きたという者もいるんでしょうね」

「まあ、そうだろうな。事件のあったあと、派手につかいまくっている者がいないか当たってみたが、まったく出てこなかった。とはいえ、金をつかい果たした者がいてもおかしくはあるまい」

石堂が見つめてきた。

「文之介、その押しこみに関して、なにかつかんだのか」

「まだわかりません」

「文之介、なんにしろ桑木さまにすぐに報告をあげたほうがいいぞ」

「そうします」

文之介はその足で又兵衛に会った。

「ほう、二年前の押しこみか。文之介がまだ見習からあがったばかりの時分に起きた事件だな。ふむ、その駒蔵が一味に関係しているというのは、十分に考えられるな」

又兵衛は一気にしゃべり、沈黙した。目をあげる。

「文之介、駒蔵のこと、徹底して調べてみろ」

第二章　探索好み

一

少し汗をかいた。

そのために駒蔵は、いわれていた刻限に少しおくれた。頭を下げつつ本堂に入る。

「駒蔵、おせえぞ」

権埜助(ごんのすけ)が怒鳴る。丸めた頭はいつも磨いているせいで、ろうそくの灯(あか)りにつやつやと映えている。

眉根(まゆね)を寄せているせいで、縦じわがくっきりと見えた。不機嫌な証拠だ。

一瞬、駒蔵は胃のあたりがきゅんとした。占いのことを思いだした。いんちき占い師にすぎないはずだが、まさか当たりやがったのか。

「申しわけございません」

駒蔵は深くこうべを垂れた。

「ちょっと一仕事してきましたもので」

「一仕事だと。なんだ」

駒蔵は唇をなめ、適当なことをいおうと口をひらこうとした。

「その話はあとだ。座んな」

権埜助のまわりには手下が四名、並んでいる。駒蔵が権埜助の前に腰をおろすと同時に一人が立ちあがり、音をさせて扉を閉めた。

「静かに閉めねえか」

権埜助の怒声が飛ぶ。

「すみません」

手下は、駒蔵の逃げ道をふさぐように扉の前に立ったままだ。

それを見て駒蔵は深く息をし、なんとか心を落ち着かせようとした。

だが鼓動は激しいものになってきた。

「駒蔵、調子はどうだ」

権埜助が感情を抑えたような声で問う。

「お頭の命じられた通り、仕事に励んでいますよ」

「そうかい」

そっけなくいう。

「今だって、三増屋という大店の娘をたぶらかしているところなんですから」

権埜助がぎろりと瞳を動かした。

「おめえの仕事ぶりはよく知っている。だからそれなりに遇してきた。金勘定に長けているところも買っていたつもりだ」

「ありがとうございます」

軽く頭を下げる駒蔵を、膝立ちになって権埜助がにらみつける。

「しかし、まさか俺の金をかすめ取っていたとはな」

「いったいなんの話です」

「とぼけるのか」

「とぼけるって、なんの話かさっぱりわかりません」

「証拠はあがってんだ」

権埜助が顎をしゃくる。手下がいっせいに立ちあがった。

駒蔵も立ちあがった。懐から、すでに鞘から抜いてあった匕首を手にする。

「てめえっ」

怒号する権埜助に切りつける。権埜助は横に動いて避けた。

駒蔵は権埜助の袖をつかんで力まかせに引っぱった。権埜助がよろける。

駒蔵は権埜助のうしろにまわりこんだ。権埜助の喉笛(のどぶえ)に匕首を突きつける。

「てめえ」

首をかすかに動かして、権埜助がうめく。

殺してしまうか。一瞬、そんな思いが駒蔵の脳裏をよぎった。

いや、そいつは駄目だ。今はとにかくここを逃げだすことを考えないと。

なにかがちがちと音がしている。自分の歯が鳴っている音だ。

「ざまあねえな」

権埜助があざ笑う。

「うるせえ」

駒蔵は匕首を持つ手に力を入れた。

「おっと、すまなかった。謝るよ。すまなかった」

権埜助が冷や汗をかいたのが伝わってきた。

「歩け」

駒蔵は権埜助を人質に、扉の前に来た。一人の手下が門番のように立ちふさがったままだ。

「どけ」

これは権埜助が命じた。手下が血走った目で駒蔵をにらみつけつつ、視野から消えた。

駒蔵はじりじりと動いて、扉を背にした。

四人の手下は匕首を手に、今にも飛びかからんばかりの形相をしている。さすがに押しこみを生業としている連中だ。凶悪以外のなにものでもない。

駒蔵はうしろ手に扉をひらいた。ぎーと音がする。ちらりと境内を見た。

灯籠が灯されているわけではなく、ひたすら暗い。山門の輪郭が暗闇のなかににじみだすように見えている。

回廊から五段ばかりの階段を伝って境内におりた。手下たちは縄で結ばれたかのようについてくる。

「おまえらはそこにいろ」

手下たちが階段をおりたところで、駒蔵は命じた。

駒蔵は山門まであとじさった。頭はそうしろ、というようにかすかに首を上下させた。手下たちが権埜助を見る。

もっとも、苛立った牛の心境だろう。合図があれば、すぐに突進してくるはずだ。

山門は閉めきられていた。閂をはずすのは厄介だ。駒蔵はくぐり戸を押した。こちらは錠がおりている。

「鍵は」

「ない」

駒蔵は匕首の刃を立てた。

「本当だ。本当にないんだ」

「どこにある」

「本堂だ」

駒蔵は舌打ちした。どんと権埜助を突き放し、うしろを見ずに走りだす。

権埜助が地面を転がる。

「野郎どもっ」

振り向くと、権埜助が手下たちに手を振るのが見えた。

「追えっ」

手下たちが土を蹴り、走りはじめた。

「待ちやがれっ」

駒蔵はひたすら走った。背の高い塀に、割れ目がある。

そこを目指して駆けながら、振り向いた。

手下たちが追いかけてくる。権埜助も立ちあがり、狩りの群れに入りこんだのが見えた。

走れっ、走るんだ。駒蔵は自らに命じた。こんなところでつかまるわけにはいかない。

塀の割れ目にたどりついた。姿勢を低くし、せまい隙間に体を入れる。

思った以上にときがかかったが、抜けられた。

再び駒蔵は走りだした。木々が深い。月は空にあるはずだが、夜になってまた厚みを増してきた雲に隠れている。

あたりは闇そのものといっていいが、目がきかないわけではない。もうずいぶんと長いこと、闇の世に生きているのだ。このくらいは当たり前だ。

また塀があらわれた。駒蔵はそれに沿って駆けた。

手下たちはなおも追ってくる。権埜助の、逃がすなっという声もきこえる。

「待ちやがれっ」

その声に応じたわけではないが、駒蔵は立ちどまった。

塀が唐突に切れている。眼下は崖だ。

うしろを見る。手下たちはあと十五間ほどまでに迫っていた。

最初はどうして駒蔵がとまったのか、権埜助にはわからなかった。

すぐにその理由に思い至り、にやりとした。

「野郎、しくじりやがった」

崖のところで駒蔵はなすすべもなく立ちすくんでいる。

走りながら権埜助は舌なめずりした。

「なめた真似しやがって。思い知らせてやる」

すでに息があがりかけていたが、権埜助はつかの間そのことを忘れた。

手下たちのほうがだいぶ前を走っている。

駒蔵に動きはない。

と、いきなりしゃがみこんだ。

野郎、なにをする気だ。

手下たちはあと七、八間というところまで迫っている。

「逃がすなっ」

権埜助は絶叫した。

その声に圧されたかのように、駒蔵の影が消え失せた。

「あっ、やりやがった」

一瞬、この崖はたいしたことのない高さだったか、と思ったが、優に十間はある。

下には小道が走っている。飛べば無事ではすまない。

崖の際で足をとめた手下たちが、下をのぞきこんでいる。

「やつはどうした」

手下の一人が笑いを浮かべた。

「くたばってますよ」

権埜助は崖下を見つめた。崖のところどころに生えている深い草が邪魔だが、暗闇のなか、道に男が横たわっているのが見える。

「死んだか」

「わかりませんが、この高さですからねえ」

「たわけたことをいってねえで、とっとと確かめてこい。生きてたら、とどめを刺しな」

「承知しました」

二名が左に走り、崖をまわりこむ道をおりてゆく。

いや、手下にはまかせておけねえ。

権埜助自身もおりていった。死骸は小道にうつぶせている。

「これか」

権埜助はかがみこんで、髪の毛をぐいっとつかんだ。

そうされてもぴくりとも動かない。

「死んでやがんな」

権埜助は手下を見あげた。

「提灯は」

はい、と一人が小田原提灯に火を入れた。死骸の顔の上にかざす。

右目が潰れている。

「ひでえざまだな」

「この崖を飛びおりれば当然ですよ」

権埜助は死骸の顎を持った。血のあたたかみが感じ取れる。

じっくりと顔を見た。まちがいなかった。

「駒蔵め」

唾を吐きかけようとした。そのとき、小道をおりてくる提灯が目に入った。明かりが樹間をちらちらしている。

「人が来る」

おのおの小道の下におり、藪や木陰に身を寄せた。

権埜助は大木の陰に立ち、近づいてくる提灯を見た。

やってきたのは女だ。しかも若い。顔は提灯の明かりがむしろ邪魔になって、ほとんど見えない。

女は死骸のそばまで歩いてきて、ぎくりと足をとめた。

「もし」

声をかけたが、やや語尾が震えた。

「もし」

提灯をそっと近づける。

きゃあ。腰を抜かしかけたが、あわてて走りだした。近くの自身番に向かったようだ。

「どうします。死骸の始末をしますか」

手下が低い声できく。

「あのままでいい。俺たちが手をかけたわけじゃねえ」

権埜助たちは、自身番から人がやってくる前にさっさと引きあげた。

二

文之介は飛び起きた。

布団を出て、廊下を小走りに進む。

父の部屋に近づくにつれ、泣き声は雷鳴のように耳を打った。

ほんとにすげえな。

赤子の持つ命の強さというものに、ここまでくると、正直感動する。

「父上」

襖越しに呼びかけた。

「文之介、腹が減っているようだ。清江さんを呼んできてくれ」

「承知しました」

文之介はきびすを返し、すぐさま屋敷の外に出た。刻限は九つ近いだろう。

赤子というのは、と思った。たいへんでもあるな。こんな刻限でも腹が空くんだから。

もっとも、文之介も空いている。食べないのは、夜にたくさん食すと翌日にたたることが経験からわかっているからだ。

「夜分畏(おそ)れ入ります」

文之介は清江の屋敷に訪いを入れた。

すぐに出てきてくれた清江を連れて屋敷に戻ると、ちょうど向こうからやってきた提灯が見えた。

急いでいるようで、激しく揺れている。

先に清江に庭へ入ってもらった。前から来た提灯が枝折戸の前でとまる。

「旦那」

勇七だった。

「どうした」

「人が死んだんです」

「殺しか」

「いや、それがまだはっきりしないんです」

「勇七、ちょっと待ってくれ」

まだ信太郎の大泣きはきこえている。それに勇七も気づいた。

丈右衛門は庭に出てきている。清江が濡縁に座り、信太郎に乳をやりはじめた。

それを確かめてから、文之介は丈右衛門にちょっと出てまいります、といった。

「その格好で行くのか」

寝巻きのままだった。

「しっかりしてきたように見えるが、おまえもまだまだだな」

文之介は赤面しつつ自室に戻って、着替えをすませた。

あらためて、行ってまいります、と丈右衛門と清江に告げた。

「崖から落ちたようなんです」

先導する勇七が振り返ることなく口にした。

「突き落とされたのか」

「かもしれませんが、とにかく町方に来ていただきたい、と町役人のほうからいってきたみたいです」

不審な死であるのは疑えないようだ。

「場所は」

「中之郷原庭町です」

文之介は町を思い浮かべた。坂が多く、道が入り組んでいる。両国橋を渡り、大川沿いに北上した。

中之郷原庭町に着いたときには、文之介は息も絶え絶えだった。なにしろ半刻近く駆け続けたのだから。

勇七はけろっとした顔をしている。

こいつはすげえな。俺も見習わなきゃな。

文之介は自身番で待っていた町役人の案内で、死骸の横たわっている場所に向かった。

「あそこです」

人が出ているようで、提灯がいくつか灯っているのが見えた。人影も交錯している。

文之介は足をはやめた。

崖の下で男がうつぶせていた。見るまでもなく、息絶えている。

文之介は上を見あげた。崖は高い。十間は優にある。

あそこから落ちたらひとたまりもあるまい。

「やっぱり突き落とされたのかな」

「かもしれませんね」

文之介は死骸のそばにかがみこんだ。

提灯が当てられる。

むっ。文之介は顔をしかめた。右目が潰れていた。

この高さを落ちりゃあ、こうなっても仕方がねえな。

文之介は死骸の顎を持ち、こちらを向かせた。死骸からはあたたかみが失せつつある。

だが、まだ冷えきっているというほどではない。これで死んでから、どのくらいたっているものなのか。

「紹徳(しょうとく)先生には知らせたのか」

文之介は勇七にきいた。奉行所が検死を頼んでいる腕のいい町医者だ。

「ええ、奉行所から使いが出ましたから、いずれ見えるでしょう」

「そうか。——おや」

男の顔をじっと見ていた文之介は声をあげた。

「どうしました」

「勇七、この男」

勇七も気づいた。

「駒蔵ですね」

「そう見えるな」

文之介はまちがいないか見た。見れば見るほど駒蔵だ。

「まちがいねえかな」

「ええ、そっくりです」

ここまで文之介たちを連れてきた町役人が歩み寄ってきた。

「お役人、この仏さんのこと、ご存じなんですか」

「いや、まだそうと決まったわけじゃねえが、知っている者に似てるんだ」

「さようですか」

町役人はほっとしている。身元さえわかれば、町とこの死骸は関係なくなる。自身番に死骸を置いておく必要もないのだ。

「勇七、これは明日話そうと思っていたんだが」

「はい」

「桑木さまから、駒蔵のことを徹底して調べるようにいわれたばかりなんだ。でも、まさかその日に死んじまうなんてな」

「偶然とはいえ、そういうこともあるんでしょうねえ」

勇七がはっとする。旦那、と声をひそめる。文之介は、勇七がなにをいいたいかさとっている。

「まさかその動きを察しての、口封じなんてことはないんですかい」

「考えられねえわけじゃねえな」

文之介も小声で返した。

「そいつも頭に入れて、どうして駒蔵が死んだのか、調べてみよう」

文之介は町役人に向き直った。

「誰がこの死骸を見つけた」

「こちらです」

町役人につきそわれて、一人の若い女が前に出てきた。

「おまえさん、名は」

文之介はおびえさせないようにやさしく声をかけた。

「はい、美真(みま)と申します」

「生業は」

少しうつむいた。

「妾(めかけ)です」

妾であるのを恥じているのか、少し陰があるように文之介には見えた。

「この仏を見つけたいきさつを話してくれ」

「はい、今夜は旦那さまは来なかったんです。それで私一人ですごしていました。でもなかなか寝つけず、近くにお酒を買いに出かけました。そして……」

「とすると、おまえさんの住みかはこの道を行ったところにあるのか」

「はい、そうです」

お美真が右を指さす。

「この道を少し上に行ったところです」

木々のなか、のぼり坂が続いているのがうっすらと見える。

「酒を買うために通りかかったんだな。それはいつのことだ」

「およそ一刻ほど前です」

「四つ半という見当か。そんなにおそくまであいている酒屋があるのか」

「酒屋さんではなくて、煮売り酒屋なんですけど、頼めば大徳利につめてくれるんです」

文之介はうなずき、お美真を見つめた。

「仏さんを見つけたときだが、なにか怪しい人影は見なかったか」

「いえ、気づきませんでした」

文之介は少し間を置いた。

「おまえさん、この仏さんを知っているか」

一瞬、間があいた。

「いえ、存じません」

しばらくお美真の顔を見てから、そうか、と文之介はいった。なにか隠しているのかな、とちらりと思った。

「ねえ、旦那」

横から勇七がささやきかけてきた。

「お春ちゃん、関係してるってこと、ありませんよね」

文之介はどきりとした。

「当たりめえだろう」

つとめて冷静に答えたが、もしかしたら、とは心の片隅で感じた。

三

文之介が清江のところに走ってくれたおかげで、信太郎はおとなしくなった。乳を含んだまま寝入ったようだ。

清江が身繕(みづくろ)いし、信太郎を腕に抱いた。そうされても信太郎は眠ったままだ。清江は子守歌を歌っている。

妙に夜になじむ歌だ。歌い終えると、清江が立ちあがった。

丈右衛門は信太郎を受け取り、顔をのぞきこんだ。

「こうしている分には、本当にかわいらしいのだけどな」

「泣いてもかわいいですよ。私はいとおしくてたまりません」

「赤子はつつがないか」

「はい、おかげさまで」

「そうか。それはよかった」

清江が思いついた顔になる。

「実緒さんはどうされていますか」

文之介の姉だ。同じ組屋敷内ということで、清江も実緒のことは幼い頃から知っている。歳も似たようなものだろう。

「そういえばこのところ顔を見ておらんな」

丈右衛門は日を数えた。

「来月あたりに生まれるのではないかな」

「楽しみですね」

丈右衛門自身、自分が祖父になるという意識はほとんどない。我が子よりかわいいときくが、どうだろうか。

「では、御牧さま、私はこれで」

清江が一礼する。

「ありがとう、助かった」

清江がほほえむ。その笑みに人妻らしいしっとりとしたものが垣間見え、丈右衛門はうろたえかけた。

「またお呼びください。いつでもまいりますので」

「本当にありがとう」

提灯に火を入れた清江は、枝折戸から外に出ていった。丈右衛門は信太郎を抱いたまま道に出て、遠ざかる灯を見送った。

わしたちは支え合って生きているんだな、と強く思った。人というのは、こういうつながりがなくなってしまったらどうなるのだろう。

丈右衛門は枝折戸を入った。

部屋の隅の布団に信太郎を静かに置いた。ぐっすりと眠っていて、起きる気づかいはない。

丈右衛門は添い寝した。肘枕をして、信太郎の顔をじっくりと見る。

盗っ人の向こうがしの喜太夫のせがれ。この子に罪はないのに、引き取り手はない。目星をつけたところが引き取らないからといって、むろん責めることなどできない。この子には関係ないとはいっても、やはり血というものを人は怖れる。

だが申し分のない家に生まれて学問もできて、という者が凶悪な犯行に及ぶこともある。

あれは、と丈右衛門は思いだした。丹五郎といった。

大きな呉服商の跡取りで、すでに妻も子もいた。あとは家督をいつ継ぐかというところまできていた。

子供の頃から虫が好きということもあり、蟬などをとらえては殺すということをしていたらしいが、そのくらいはなんら珍しいことではない。

丈右衛門も子供の頃は、蛙を意味なく殺している。

子が生まれて一年ほどした頃、丹五郎は同業者とのつき合いと称して、夜な夜な他出するようになった。実際に、同業者との会合や宴会が持たれた夜があったのも事実だが。

そのとき丹五郎がなにをしていたかというと、一人で住まいに帰る女を捜し、さらって手ごめにしていたのだ。それだけではなく、殺して死骸を空き地に埋めていた。

奉行所には各町の自身番を通じて行方知れずの届けがだされたのみで、女たちがどうなったのか、誰にもわからなかった。

しかしいずれも子をはらんでいた、ということで、丈右衛門は探索をはじめた。

丹五郎が五人目を殺そうとしたところで、丈右衛門がとらえたのだ。

丹五郎の供述にしたがって空き地を掘り返してみると、四つの遺骸が出てきた。いずれも土のなかで体を丸め、棺桶に入れられたような格好をしていた。

丹五郎は、そうではございません、子が母親の体にいるときの格好を真似たのですよ、と無表情にいった。

母体にいる赤子の様子を丹五郎がなぜ知っているのか。つまり、女の体を生きながら切り裂いたのだ。丹五郎は、腑わけでございますよ、と笑みを浮かべていた。

それまで市中でふつうの暮らしを営んでいた者がどうしてそんなことをするようになったのか、丈右衛門は考えた。

しかしなにもわからなかった。

丈右衛門自身、信太郎を育ててみるか、という気がないわけでもない。きっといい子に育ててみせる自信はある。

だがやはり駄目だな、としか思えない。この歳になって子育ては無理だ。

子のない夫婦はいくらでもいる。なんとか信太郎の親のことを気にしない者を見つけるのが、信太郎にとっても最上のことだろう。

そんなことを考えていたら、うたた寝をしたようだった。

人が入ってくる物音をきいて、丈右衛門は目覚めた。

はっとする。なんと不用心な。

「父上」

目の前に正座しているのは文之介だ。信太郎を見て、安心している。

「よく寝てますね」

「うん、しばらくは大丈夫だろう」

文之介が気づかう目をしている。

「なんだ」

「いえ、お疲れなのではないかな、と」

丈右衛門は首をひねり、それから大きくのびをした。

「疲れてなどおらんよ」

「またそんな見栄を張って」

「見栄など張っておらん」

丈右衛門はせがれを見つめた。ここしばらくまともに顔を見たことはなかったが、少したくましくなっている気がした。

「ちょっと座れ」

「もう座っています。——なにもお話ししませんよ」

「そんなつれないことを申すな。勇七が、人が死んだ、といっていたが殺しか」

文之介は語ろうとしない。脅（おど）してもすかしても無理だろう。

やはりせがれは成長しているのだ。

そのことはうれしくあったが、丈右衛門の事件に対する興味が尽きることは決してない。

四

朝日がまっすぐ射しこんできている。表門の下にいても、陽射しはさえぎられない。

文之介は手で庇(ひさし)をつくった。

「勇七、今日も暑くなりそうだな」

「そうですね。お天道(てんと)さま、朝からがんばってますねえ」

「まったくだなあ。少しは加減してほしいが、叫んだからって声が届くわけがねえしな。届いたところで加減してくれるはずもねえ」

文之介は、はやくも出てきた鬢の汗を手の甲でぬぐった。

「秋の神さまに、一日もはやいところご登場を願うしかねえな」

「でも旦那、夏が一番好きなんですよね」

「ああ、そうだ」

「だったら、暑いのはへっちゃらなんじゃないですかい」

「いわれてみればその通りだな。もう暑さなんか気になんねえや」

文之介は勇七の一言で、本当にしゃきっとした。

「相変わらず犬っころみたいな頭だな」

「勇七、なにかいったか」

「いえ、別に。——旦那、今日はこれからどうするんですかい」

「まずは、駒蔵の身元を明らかにすることだろう」

「そうですね」

「駒蔵は押しこみかなにかまだはっきりしねえが、うしろ暗いことに確実に関わっている。そのこと絡みで殺されたかもしれねえ」

「なるほど。最初はどこに行きますかい」

「それなんだが」

文之介の口調は重いものになった。

「お春ちゃんですかい」

「そうだ。お春はおととい駒蔵と会っているからな。話をきかねえわけにはいくめえよ」

文之介は勇七をしたがえて、三増屋にやってきた。

お春に会いたいと奉公人に告げると、すぐに客間にあげられた。勇七は三増屋の外で待つことになった。

文之介がだされた茶をすすっていると、お春が姿を見せた。

「駒蔵のことをききに来た」

お春は怪訝そうな顔をした。

「おとい、話したでしょ」

「殺されたんだ」

「ええっ」

お春は言葉をなくした。

「いつ」

「昨晩だ」

文之介におくれること四半刻ほどしてあらわれた検死医の紹徳は、死んでからまだせいぜい二刻ほどでしょう、といった。死因は体を強く打ったこと。特に頭をひどく打ったようです、とのことだった。

大きな石のような物で殴打されたことも考えなければならないが、今そのことをお春にいう必要はない。

「駒蔵はどこに住んでいるか口にしたか」

「いいえ」

「きかなかったのか」

「興味なかったから」

そうか、と文之介は少しうれしかった。

「駒蔵のやつ、最近、店に出入りするようになったといったな。いつからだ」

お春は少し考えた。

「そうね、半月ほど前かしら」

「そんなに昔じゃねえんだな。しかも知り合ってそんなにたっていない。一緒に出かけたのはどうしてだ」

「これまで何度も誘われていたからよ。やさしいし、よく気がつく。誰かさんとは大ちがいなの」

お春がはっとする。

「まさか、文之介さん――」

あなたが殺したの、という目をした。

「たわけたことをいうな」

文之介はあわてた。

「いくらお春のことを大事に思っているからって――」

お春がにっこりと笑う。

「文之介さんが人を殺せるような人じゃないなんて、わかっているわよ。いつからのつき合いだと思っているの」

こんな冗談をいえるくらいなら、と文之介は安心した。お春は駒蔵の死にはなんの関係もない。

　お春が不意にさくらのことを話した。

「この前、来たのよ。私が文之介さんのことをどう思っているのか、ききに」

「お春はなんて答えたんだ」

「さあ」

　お春は首をひねった。

「忘れたわ。さくらさんにきいたら」

　気になる。とても気になる。

　そんな文之介の様子をじっと見てからお春が、おといい忘れたことがあるの、といった。

「駒蔵さんのことよ」

　なにか隠していることか。

「きかせてもらっていいか」

「ええ。駒蔵さん、うちの家のことをとにかくききたがったの。奉公人が何人で、どこに寝ているかとか」

「ほう」

「おとっつあんのことも知りたがったわ。どこに寝ているのか。夫婦一緒に寝ているのかとか」

「金蔵の鍵は藤蔵が持っているんだな。部屋にあるのか」

「ええ、多分」

藤蔵の居室さえわかれば、金蔵の鍵もそこにあると踏んでのことか。

「私は話したわよ。さあ、次は文之介さんの番よ」

「なんのことだ」

文之介はうろたえつつもいった。

「とぼけるの」

「とぼけてなんかいやしねえ」

「本当かしら」

「本当だ」

文之介は急ぎ立ちあがった。ちらりとお春を見る。

お春は、まあいいわ、というように笑みをたたえている。文之介は安堵して部屋を出た。

「旦那、なにをそんなにあわてているんですかい」

暖簾を外に払って道に出たとき、勇七が声をかけてきた。

「ああ、勇七」

文之介は立ちどまった。

「なんでもねえよ」

ふつうに歩きだす。

「どこに行くんです」

「お知佳さんのところだ」

「二度目ですね」

「この前とちがった話がきけるかもしれねえからな」

お知佳の奉公先の才田屋を訪ねる。屋敷のほうに通され、文之介は濡縁に腰をおろした。

「お待たせしました」

お知佳がやってきて、敷居際に正座した。おととい会ったばかりだが、頬(ほお)につやがあって、まぶしさを感じさせる。

まず文之介は、駒蔵が死んだと告げた。

えっ、とお知佳はひどく驚いた。

「駒蔵のことを話してもらえないかな」

お知佳から返ってきたのは、お春と同じような答えだった。

一つだけ、お知佳は文之介の興味を惹(ひ)くことを話してくれた。

「つい昨日思いだしたんですけど、私がこちらのお店に奉公に来てから、駒蔵さん、一度やってきて、話をしていったことがあるんです」

「どんな話を」

「駒蔵さん、店のなかのことをきいていったんです。昼間、ご主人がどうしているかとか、ちょうど庭で隠居所をつくっているときだったので、それを見て、ああいう出入りの大工さんはどういうふうに決めるのか、とか」

今、隠居所は立派にできている。まだあるじは住まってはいないようだが、さくらの兄の雅吉がいい腕なのはまちがいないようだ。

「駒蔵のことで、ほかに覚えていることは」

お知佳が下を向いて考えこむ。そういう仕草は思慮深げで、聡明さを感じさせた。

「心に残っているのは、おとといもお話ししましたけれど、とにかくきき上手だったことですね。人に話をさせるのがとにかくうまい人でした。ああいう人なら、女の人にはもてたでしょう」

そうか、犯罪のこととは関係なく、女に殺されたのも考えられるのか。

「では、これで。仕事中にあまり邪魔しては悪い」

文之介は礼をいってお知佳のもとを離れた。

五

さて次はどこに行こうか。

「旦那、なにを考えているんですかい」

文之介は歩きながら話した。

「でしたら、お克さんのところに行きましょう」

文之介はずっこけそうになった。

「勇七、おめえ、なにをいってるんだ」

「旦那はお克さんのこと、気にならないんですかい」

「気になるさ。やつれていたからな。だから勇七が案ずるのもわかるが、駒蔵の事件とはなんの関係もねえぞ」

「それはわかっているんですけどね」

文之介は横合いに人の気配を感じた。

「こんにちは」

さくらが立っていた。にこにこ笑っている。勇七がこんにちは、と返す。

おう、と一拍置いてから文之介は軽く手をあげた。身構える気持ちがある。

惚れましたから、といわれたときの真剣な顔。今でもはっきり覚えている。

そのことに対し、文之介はちゃんと答えたわけではない。なんとなくうやむやのままにしてしまっている。

なんで急にあらわれたんだろう。まさか返事をききたいとか。

いやその前に、と文之介は思った。お春のことをきこうか。お春の答えをさくらは知っているのだ。

文之介は口にしようとした。

「文之介さま」

間合をはずされた気分になった。

「な、なんだい」

「今、どんな仕事をされているのですか」

文之介は心中で眉をひそめた。どういう意図があって、さくらはこんなことをきいてきたのか。

「いや、それは」

文之介に話す気はない。もし事件のことを口にしたら、一緒に調べます、といいかねないのをさとったのだ。

なにしろ一人でやくざの親分の家に乗りこんで、さしの勝負を挑む娘だ。

それに、さくらにはときがたっぷりとある。職についているわけではない。上には兄の雅吉がいるだけだ。

「教えていただけませんか」

さくらが見つめてくる。

その眼差しの強さに、文之介はたじろぎかけた。もしや、と思った。お春は俺のこと、なんとも思っていない、といったんじゃなかろうな。

その言葉をきいたから、さくらは本気になった。それがこの眼差しの強さにつながっているのではないか。

そこまで考えて文之介は暗澹とした。

「どうされました」

「いや、なんでもない。俺が今なにをしているか、教えることはできねえ。——さくらちゃん、つまらないこと考えるんじゃねえぞ」

文之介は釘を刺した。さくらは、ふふっと笑っただけだ。

こうしてにこにこしていると、本当にかわいい娘なんだけどなあ。

「じゃあさくらちゃん、これでな」

文之介は手をあげて、歩きだした。勇七がうしろにつく。

振り返ってみると、さくらはまだその場にいて、文之介を見送っていた。

手を振っている。無視するわけにもいかず、文之介も手を振り返した。

俺はいったいなにをやってるんだ。

文之介はかぶりを振って早足になった。

「旦那、さくらちゃんとはどういう関係なんです」

「関係なんかねえよ」

「いや、そういう深い意味ではなく、きいているんですけどね」

文之介は足をとめた。正直に告げることに決めた。

「さくらちゃんは俺に惚れちまったんだ」

「ええっ」

「そんなに驚かなくたっていいだろう」

「すみません。――はっきりいわれたんですかい」

「ああ」

「でも旦那、なにを悩んでいるんですかい」

「なにって」

「だって旦那は、お春ちゃんがいいんですよね。だったら、迷うことなんかないじゃないですか」

「さくらちゃんにはっきり自分の気持ちを伝えろってことか」

「そのほうがさくらちゃんもすっきりするんじゃないですか」

「……そうかもしれねえな」

「旦那、まさかお春ちゃんもさくらちゃんも我が物にしたい、なんて考えているんじゃないでしょうね」

「な、なにをいっているんだ」

考えたことはなかったが、自分の気持ちを伝えることでさくらを失うことを怖れているのは事実かもしれない。

「わかったよ。今度会ったら、はっきりいうよ」

「そうしたほうがいいですよ」

二人はいったん奉行所に戻った。

又兵衛に会い、駒蔵が悪者の手先であるのがわかってきたという報告をした。それと、女に殺されたかもしれない、ということも併せて告げた。

「駒蔵という男、女にもてたのか」

「これまでにいろいろきいてきましたが、そういうことになります」

「文之介、見習ったらどうだ」

「なにをです」

「駒蔵の真似をすれば、女にもてるんだろう。ちがうのか」

「そうかもしれませんが、それがしにはなんとも」

「もっとも、おまえは丈右衛門に似ているからな、黙っていてももてるか」

「勇七にもいわれますが、本当に似ていますか」

「似ていると思うぞ。気に入らんか」

「いえ、そういうこともありませんが」

「無理するな」

又兵衛が笑う。すぐに表情を引き締めた。

「それで文之介、これからどうする」

文之介は顎を引き、又兵衛を見つめた。

「とにかく駒蔵の身元ですね。それを明らかにするしかないと思っています」

遠ざかる文之介を見送ったさくらは、ふっとため息をついた。

文之介の手伝いをする、という目論見はあっけなく潰えた。

これからどうしよう。考えのまとまらないうちにさくらは前を向いた。早足で歩きだす。

向かったのは八丁堀だ。

御牧屋敷には丈右衛門と信太郎がいた。

「おう、よく来たな」

濡縁に腰かけている丈右衛門はさくらを見て、喜んでくれた。

この人なつこい笑顔は本当にいいなあ、とさくらは思った。文之介さまも同じような笑顔をされるから、親譲りなのだ。

「信太郎ちゃんのご機嫌はいかがですか」

信太郎は、濡縁に敷かれた布団の上に横になっている。今日は蒸しているが、太陽は厚い雲に隠れているし、そこそこ風もあって、いつもよりはすごしやすい。

「いいな。もっとも、さっき乳をもらったばかりなんだが」

「そうなんですか。だからよく眠っているんですね」

丈右衛門が濡縁を静かに叩いた。

「座らんか」

「ありがとうございます」

さくらは腰をおろした。

「信太郎ちゃんの引き取り先は見つかりましたか」

「まだだ」

丈右衛門は言葉少なに答えた。少しまいっているように見える。

それも当然だろう。女手のない家で赤子を抱えているのだから。

これはつかえないだろうか。さくらは不意に浮かびあがってきた思いを心の腕でとらえた。

「あの、丈右衛門さま」

「なんだい」

文之介より二回りくらい大きな顔がこちらを向いた。

「すばらしい腕利き(うでき)の同心だったという話をききましたが、本当ですか」

はっはっは、と丈右衛門は快活に笑った。

「それはまたまっすぐな問いだな。こういう場合、なんと答えればいいのかな。わし自身、さほどのことはなかったと思っているが、人はそういってくれる」

やっぱり事実なんだ、とさくらはうれしくなった。

「丈右衛門さまは、今文之介さまが担当されている事件についてご存じですか」

「どうしてそんなことを知りたがる」

丈右衛門の顔に不審な色が浮かぶ。

「一つ提案があるのです」

「提案……。なにかな」

さくらは息をのみこんでから、思いきって口にした。

「私と一緒に、文之介さまの担当されている事件を調べてください。そうすれば、信太郎ちゃんは、養子先が見つかるまで私が責任を持って預かります」

「どうしてそんなことをいう」

「文之介さまのお役に立ちたいんです」

かすかな間を置いて、そうか、と丈右衛門はいった。表情は柔和で、人を惹きつけるものがある。

「しかし、話そうにも文之介が抱えている事件について、わしはなにも知らんのだ」

丈右衛門が見つめてきた。深い瞳の色をしている。

「さくらちゃん、仮にわしと一緒に事件を調べて解決に導いたとしても、せがれの気持ちは傾かぬかもしれんぞ」

「わかっています」

やってみることだけでも、意味のあることだとさくらは考えている。

黙考していたが、やがて丈右衛門は深く顎を引いた。

明るい光が面にたたえられている。さくらは少しまぶしさを覚えた。

「よかろう。二人で調べてみるか。正直いえば、わしもうずうずしていたんだ」

そうだったのか、とさくらは心が弾んだ。

「事件のことを知る手立てはあるのですか」

丈右衛門が顎をなでて、にやりとする。

「まかせておけ。これでも四十年近く働いた。つてはいくらでもある」

六

朝日が部屋に入りこみ、畳を焼いている。

信太郎のおしめを替えていると、文之介が出仕の挨拶に来た。

「信太郎の機嫌はいかがです」

「さっき、清江さんから乳をもらったばかりだ。おしめを替えれば、すぐに寝てしまうだろう」

「ご機嫌ですね」

「うむ、ずっと笑っておる」

さようですか、と文之介が笑みを刻む。いい笑顔をしているな、と丈右衛門は思った。

「では父上、行ってまいります」

「しっかり働いてこい」

一礼して文之介が廊下を遠ざかってゆく。

文之介が出仕して半刻後、信太郎の横で書見をしていると、訪いを入れる声がきこえた。

丈右衛門は書を閉じて立ちあがり、濡縁に出た。

「来たか」

庭に立っているのはさくらだ。

「はい、お言葉に甘えて」

「信太郎は居間で寝ている。しばらく見てやってくれんか。そのあいだに奉行所に行ってくるゆえ」

「承知いたしました」

さくらと入れちがうようにして丈右衛門は庭におり、では頼む、と見送るさくらにいって枝折戸を抜けた。

八丁堀から南町奉行所まではすぐだ。四半刻もかからない。

もう文之介は勇七とともに定町廻りに出ているはずだ。かち合うことはない。

大門を入り、まっすぐに敷きつめられた石畳を踏んで、玄関に向かう。

小者に、桑木又兵衛に会いたい旨を告げる。

上にあげられ、廊下の突き当たりに位置する座敷に通された。障子があいており、土が敷きつめられた五間ほど先に板塀が見えていた。

「よく来たな」

正座して待っていると、風が土埃を二、三度あげたのちに又兵衛が姿を見せた。

「どうした、急に」

目の前に腰をおろす。

「わしの顔が見たくなったか」

「それもある」

又兵衛がじっと目を当ててきた。

「なにか企んでいる顔だな」

「そんな大袈裟なものではない。ききたいことがあるだけだ」

「ほう、どんな」

「今、文之介が扱っている事件だ」

又兵衛はむずかしい顔をした。

「そんな顔、しなさんな。おまえさんには似合わんよ」

「きいてどうする」

「決まったこと」

「どうしてそんな真似を」

「ちょっとあってな。ただし、そいつをいうのは勘弁してくれ」

又兵衛が凝視する。

「おぬしのことだから、どうせ女絡みだな」

「わしだから女絡みだと。はじめていわれたぞ」

「ちがうのか。白状しちまえ」

丈右衛門は少し考えた。

「いずれ話す」

「約束だぞ」

「ああ」

又兵衛が安堵したように笑みを漏らす。

「おぬし、いったいなにをつかんでいるんだ」

「なにも。だから話をききに来たんだ」

「そうか。でもこのことが文之介に知れたら、あいつ、怒るぞ」

「当分は内密にしてくれ。話すべきときがきたらわしから話す」

「承知した。それにしても、おぬしが探索に加わるとなれば、一気に解決なんてこともあるかもしれんなあ」

「買いかぶりすぎだ。それに文之介の探索する力は、かなりのものになってきていると思うが、どうだ」

「その通りだ。あいつの成長のはやさはすごい。二年前、見習からあがった当初はほとんどつかいものにならなかったが、今や、あいつ抜きというのは考えられん」

又兵衛が身を乗りだす。

「文之介の成長がわかっていながら、どうして自ら探索しようなどと思うんだ。——いや、それはあとで説明してくれるんだったな」

又兵衛が事件のことを話す。

崖から落ちて死んだと思われるのは、駒蔵という男。駒蔵は、二年前の押しこみと関係しているかもしれない。

「昨日だったか、文之介は二年前の一件に関する調書を読んでいったようだ」

「わしにも読ませてくれるか」

「そいつは無理だ」

「だろうな」

「丈右衛門、喉が渇かんか。わしは茶が飲みたいのだが」

「わしもほしい」

まだ五つをそんなにまわっていない刻限でさして暑くなっていないとはいっても、さすがに汗が体からしみだしている。

又兵衛が立って襖をあけ、廊下へ出ていった。すぐに戻ってきた。

直後、小者が二つの湯飲みを持ってきた。小者は一礼して去った。

「二年前の事件は誰が担当した。いや、今も継続して探索はしているんだろう」

丈右衛門は茶で喉を潤してきいた。

「吾市だ」

「吾市か。おまえさん、けっこう買っているんだよな」

「まあな」

「吾市が盗賊の金をくすねたときも、荒技をつかって助けたらしいじゃないか」

「ちょっと待て、丈右衛門」

又兵衛が腰を浮かせた。

「大きな声でいうな」

又兵衛がどしんと尻を落とす。手ふきを取りだし、顔中の汗をぬぐう。

「吾市のことはお奉行のお耳にも入れておらん。わしの独断でしたことだ」

市中を荒らしまわっていた善一郎という盗賊をとらえた際、惚れた女を救うために吾市が盗賊の隠し持っていた大金の一部をくすねたことがあった。

その惚れた女というのは実は十年以上も前に江戸の夜を跳梁した向こうがしの喜太夫で、吾市が金をくすねたのがきっかけで、喜太夫をとらえることに成功した。

そのことを利用して又兵衛は吾市の罪をもみ消し、むしろ手柄としたのだ。

「吾市が金をくすねたのはおぬしに話した覚えがあるが、どうしてわしが荒技をつかったとわかる」

「そりゃわかるさ。おまえさん、吾市には死が与えられるかもしれんといっておきながら、今の吾市はなにもなかったような顔で市中を歩きまわっているんだから。いや、むしろ前より大威張りといったところだ」

「そうか、なるほどな」

又兵衛がうなずいたのを潮に丈右衛門は立ちあがった。

吾市は詰所にいるのかな、と思いつつ、二年前か、と考えた。いまだに解決できていないのは、押しこみどもの手際が水際立っていたからだろうか。

二年前なら、又兵衛がいっていた通り、文之介は見習から正式な同心になってほとんど間がない。まだろくに探索の仕方もわかっていない頃だろう。

先輩同心がいろいろ教えてくれるが、身をもって覚えるまではそれらの助言はほとんど役に立たない。

詰所に吾市はいなかった。

丈右衛門は奉行所を出た。

少し歩いて、一軒の茶店に目をやった。苦笑する。

やはりいたか。あまり変わってねえな。

吾市が赤い毛氈の敷かれた縁台に腰かけ、中間の砂吉と一緒にのんびりと茶を飲んでいる。

丈右衛門は歩み寄った。声をかけると、吾市は飛びあがった。

「ああ、御牧さん」

吾市は一転、安堵の色を浮かべた。

「びっくりしましたよ」

手の甲で汗をぬぐう。

「偶然ですね、こんなところで会うなんて」

「偶然じゃないさ。捜していたんだ」

丈右衛門は吾市の前に立った。

「砂吉、とっととどけ」

砂吉は吾市の横に座ったままだ。

「ああ、はい、すみません」

「どうぞ、御牧さま、お座りください」

「それではお言葉に甘えよう。ありがとな、砂吉」

「いえ、いいんですよ」

砂吉はうれしそうだ。

丈右衛門は縁台に腰かけた。

「ああ、楽でいい。歳を取ると、こういうのは本当にありがたい」

「まだそんなお歳じゃないでしょう」

「そうでもないさ」

丈右衛門は、やってきた小女に茶を注文してから吾市に顔を向けた。

「ききたいことがある。二年前の押しこみの一件だ」

吾市が顔をゆがめる。話したくない気持ちが表情に出たのかと思ったが、そうではなく、まだ解決できていないことへの悔しさのあらわれのようだ。

このあたりは吾市も成長してきている。

「どうしておききになりたいのです」

「ちょっとあってな」

「文之介に助太刀を頼まれたのですか」

「あいつはむしろそういうのはいやがる」

「そうなんですよねえ。御牧さんが力を貸してくれるっていうんだったら、素直に借りればいいと、それがしは思うんですけどね」

「人それぞれだからな」

丈右衛門は受け流した。

「ああ、二年前の押しこみの件でしたね」

吾市はあっさりと話してくれた。丈右衛門が事件を解決に導いてくれるのでは、という期待している顔つきだ。

ありがとう。吾市と砂吉に礼をいい、三人分の茶代を払って丈右衛門は茶店を出た。

急いで屋敷に戻る。

さくらが信太郎をあやしていた。

「目を覚ましたのか。腹か」

「いえ、おしめのほうです。もう替えておきました」

「そうか、ありがとう」

「お話は」

「ああ、きいてきた」

「では」

「うん、出かけよう」

丈右衛門は、信太郎をおんぶしたさくらと一緒に外に出た。

信太郎はまた眠りはじめている。実の母に背負われているかのように熟睡していた。

七

「駒蔵が悪行に手を染めていたのは、まずまちがいねえんだよなあ」

文之介はうしろにいる勇七に話しかけた。奉行所の大門がだいぶ小さくなっている。

「そうでしょうね」

「押しこみと考えていいんだよなあ」

文之介は立ちどまった。勇七も足をとめる。

「勇七、昨日、思いついたことがあるんだが、きいてくれるか」

「ええ、もちろん」

「駒蔵だが、あれってあの崖から本当に落ちて死んだのかな」

「落ちて死んだんじゃないっていったら、どういうことになるんです。誰かに殴られて死んだってことですかい」

「落ちて死んだように見せかけられたってこともあるなあ、って思っただけなんだ。駒蔵が死んだという事実に、変わりはないんだけどな」

「でも旦那、そいつは大ちがいですよ」

勇七が力説する。

「崖から落ちたのなら事故というのも考えられますが、殴り殺されたのならまったくの殺しですからね」

文之介はうなずいた。

「事故にしろ殺しにしろ、どのみち駒蔵の死の委細を明らかにしなきゃいけねえ。駒蔵の背後に誰かがいる。そいつを白日のもとにさらさなければな」

「旦那、とにかくがんばりましょう。旦那なしでは事件は解決しませんからね。今は奉行所の誰もが旦那を頼りにしています」

「そうかな」

文之介は照れて頭をかいた。

「誰もがってことはねえだろう」

「いえ、全員ですよ。旦那は奉行所一の切れ者ですから」

「なに、勇七、今なんていったんだ。奉行所一の切れ者ってきこえたような気がしたんだが、よくきこえなかったからもう一度いってくれ」

勇七が素直に繰り返す。

「そうか。やっぱり奉行所一の切れ者っていっていたのか。いやあ、いい響きだなあ。でも勇七、そいつはほめすぎだぜ」

文之介は足取り軽く歩きだした。

文之介の懐には、駒蔵の人相書がしまわれている。奉行所一の人相書の達者である池沢斧之丞が描いたものだ。

永代橋を目指して歩いていると、目の前に姿のいい女が寄ってきた。

「あの、もし」

文之介は呼びとめてきた女を見た。見覚えがある。すぐに思いだした。駒蔵の死骸を見つけた妾だ。

「お美真さんじゃねえか。元気か」

「はい、おかげさままで」

小腰をかがめる。相変わらず影を背負っているような女だ。

「あれからなにか思いだしたことはねえか」

「はい、実はあるんです」

「本当か」

「はい。それで御番所(ごばんしょ)へうかがうためにまいりましたら、ちょうどこうしてお会いできました」

「そうだったのか。どこか茶店にでも入るかい」

「いえ、できましたら、歩きながらお話をきいていただけませんか。今夜、旦那さまがいらっしゃるかもしれないので、はやめに帰らないといけないんです」

「じゃあ、そうしよう」

文之介は歩きだした。斜めうしろをお美真がついてくる。そのうしろに勇七。

「思いだしたことというと」

さっそく文之介はうながした。

「はい、あの人、駒蔵さんというと思うんです」

「その通りだ」

意外そうに顔をあげる。

「ご存じだったんですか」

「まあな。これでも町方なんで、それなりに調べたんだ」

文之介はお美真を見つめた。

「お美真さんはどうしてあの仏が駒蔵だってわかったんだ」

「駒蔵さん、小間物の行商で私のところにも来たことがあるんです」

「そうだったのか。親しく話したのかい」

「三度ほど見えました」

「三度も。それなのに、あのときは駒蔵であるとわからなかったのか」

「すみません」

お美真が体を小さくする。

「いや、謝らずともいい。あのときは死骸を見つけて動転していたんだろう。あとになって思いだすというのはよくあることだ」

「さようですか」

お美真が軽く頭を下げる。

「駒蔵は、自分の住みかについて話したことはなかったか」

「ええ、あります」

あっさりと認めたから、文之介はびっくりした。勇七も同じ表情だ。

「本当か」

「はい、本当です。駒蔵さん、人に教えたことなど一度もないんだが、あんたには教えてやるよ、といったんです。なにがそんなに気に入られたんだか、私にはさっぱりわからないんですけど」

お美真が照れたように笑う。

文之介には、駒蔵の気持ちはわからないでもない。美形というほどではないが、お美真には人の気持ちをほっとさせるものがある。陰を感じさせるところも、男心をくすぐるものがあるのではないか。

「駒蔵は、住みかはどこと」

冷静に文之介はきいた。

お美真が口にする。

「ありがとよ」

文之介はお美真に礼をいって、走りだした。勇七もお美真に頭を下げてから、文之介のうしろについた。

やってきたのは南本所出村町だ。すぐ北の町は北本所出村町で、一本大通りをはさんだ南側の町は深川元町代地。

自身番に足を踏み入れる。

「ああ、これはお役人。いらっしゃいませ」

つめている町役人が挨拶する。文机で書き物をしている書役も頭を下げてきた。

「忙しいところをすまねえが、この町に駒蔵という者が住んじゃいねえか」

「駒蔵さんですか」

町役人が首をひねり、書役に心当たりがあるかきいた。

「ああ、確か香七長屋に住んでいるのが駒蔵さんじゃなかったかと思いますが」

文之介は町役人に目を転じた。

「案内できるか」

「はい、それはもう」

自身番から北に一町ほど行ったところに香七長屋はあった。北本所出村町との境近くで、東側は大きな寺が建ち並んでいる。高くてがっしりとした塀が付近を睥睨していた。

長屋の木戸をくぐり、駒蔵の店に入った。町役人には、ここまででいい、と告げた。

「また帰るときに自身番に寄らせてもらう」

駒蔵の店は四畳半が一間あるきりだ。古ぼけた行灯、火鉢、折敷、急須、櫃。櫃は空だ。あとは敷布団が一枚。かまどには釜がのっている。その横に瓶があるが、水はほとんど入っていない。

「まさに男の一人暮らしって感じだな」

「まったくですね」

勇七が慎重に目を配っている。

「おや」

「どうした」

「旦那、これ」

勇七がすり切れた畳を指さしている。

「なんだ」

「ずれてるんですよ」

文之介は目を凝らした。一寸の半分もないくらいだが、確かにずれている。

「本当だな。これはなんだ」

「なにか隠してあるんじゃないんですかね。見てみますか」

「うん、頼む」

勇七が畳をはいだ。

床下に穴が掘られている。

「空っぽですね。少なくとも、なにか置いてあったのはまちがいないようですが」

「勇七、なにが置いてあったと思う」

「旦那、もう見当がついているんでしょう」

「畳のずれを見つけたのは勇七だ。譲るよ」

勇七が笑みを浮かべる。

「お金でしょうね」

「そういうこったな」

「でも旦那、ここにないっていうのはどういうことですかね」

文之介は空洞を見つめて、腕組みをした。

「駒蔵の背後にいる者が奪ったのかな」

「殺してから奪ったんですかね」

「かもしれねえ」

とにかく、駒蔵がここに大金を隠しているのを知っている者がいたのだ。

「もっとも、身の危険を感じて、駒蔵自身が移したってのも考えられねえではねえが」

文之介と勇七は店の外に出て、この刻限に長屋にいるすべての者に話をきいたが、得体の知れない者が駒蔵の店に入りこんだということを目撃した者はいなかった。

もっとも、深夜に入りこんできたのかもしれず、長屋の誰一人として気づかなかったというのは十分に考えられた。

文之介は長屋の者に、駒蔵についての話をきいた。

近所づき合いはほとんどないとのことで、誰もが駒蔵のことはあまり知らなかった。むしろ、あんなに無口なのにどうして小間物売りができるのか不思議だったという。きき上手とか人に話をさせるのがうまいというのは、裏の仕事のために必要としたにすぎなかったということなのだろう。

香七長屋をあとにした文之介は勇七とともに南本所出村町の名主(なぬし)のところに行き、人(にん)別帳(べっちょう)を調べた。

駒蔵がこの町に越してきたのは二年前。前に住んでいた町は本所柳原町(やなぎわらまち)一丁目だ。駒蔵が香七長屋に住むにあたり、請人(うけにん)になったのは町内の口入屋(くちいれや)である。

永山屋(ながやまや)という口入屋に向かう。

駒蔵の名をだすと、あるじはおろおろした。店の土間は暗いのに、顔色の青さははっきり見て取れた。

「駒蔵にどうして香七長屋を周旋した」

「適当な長屋を頼まれたからです」

粟粒(あわつぶ)のような汗を顔一杯に浮かべている。

「請人になったのは」

「頼まれたからです」

どうやら金を積まれたようだ。人別に関し、この手の話はいくらでもある。人別帳にのらなければ無宿人だ。それは誰もが避けたいことで、金に頼るのは最も手っ取りばやい手だ。

そんなよくあることで、永山屋を追いこんだところで仕方がない。

「この町の人別帳を見ると、駒蔵の前の住みかは本所柳原町一丁目になっているが、あるじ、これは確かか」

「はい、人別送りはしっかりされていると思います」

町人が町を移る際にはもとの町の名主が、人別帳から名を削ることを明記した証書を新しく住む町の名主に送る必要がある。

これを人別送りというが、それも金でやれないことはない。証書といっても、偽造などいくらでもきくのだ。

八

日が高くなって、陽射しがきつくなってきた。

丈右衛門は立ちどまり、手ぬぐいで汗をふいた。

「暑いな。いったところで詮ないが」

「私は暑いのは平気です」

「わしも現役の頃はへっちゃらだったが、歳を取るとどうもいかん」

ふいてもふいてもいくらでも出てくる汗に、丈右衛門は閉口した。

「前は、暑いという言葉だって滅多に口にしなかった」

さくらはにこにこ笑っている。

「御番所で話をおききになって、なにかこれは、というようなことはございましたか」

丈右衛門はさくらに顔を向けた。

「ないな」

「どんな事件なのか、私にも話してくださいませんか」

「よかろう」

どういうことが起きたのか、しっかり把握するためにもさくらに話すのはいいことに思えた。

まず、いま文之介の調べている事件について語った。

「そうですか、まだ殺されたのか、事故で死んだのかわからないのですね」

「奉行所では、殺しだろうと踏んでいるようだ。そのつながりとしてあるのが、二年前の押しこみのようだ」

全身黒ずくめの格好をした押しこみは、砂糖問屋の川鍋屋という商家を襲った。そして一人の手代を殺した。賊は六名。いまだに一人としてつかまっていない。

「川鍋屋は先々代の頃に一度盗みに入られて、その手のことには用心に用心を重ねていた店だったらしいんだが、いきなり入られたようだ。手代を殺されたことであるじは震えあがり、金蔵の鍵をあけた。奪われた金は八百両に及んだそうだ」

「八百両……一生目にすることはないでしょう」

「おまえさんはわからんよ。わしなどはもう決まりだろうが」

「いえ、丈右衛門さまもお若いですから、まだわかりませんよ。——それで今、その川鍋屋さんに向かっているのですね」

「勘がいいな。そういうことだ」

店は本所相生町(あいおいちょう)三丁目にあった。

すでに潰れていて、建物は空き家になっていた。

丈右衛門は隣の商家の奉公人に話をきいた。その者によると、一家は離散したそうだ。

「押し入られてから必死に立て直そうとがんばったんですが、奪われたお金があまりに大きくて、ついに力尽きてしまったんです」

地所も人手に渡ったそうだ。

「いずれこの建物も取り壊されて、新しいのが建つらしいんです」

箒（ほうき）を手に、奉公人は寂しそうにいった。

「盆山飴というおいしい飴もあったのに、あれももう食べられないなんて……」

盆山飴か、と丈右衛門は思った。一度くらいは口にしたことがある。

盆のような丸みと富士山のようにきれいな盛りあがりを持つ飴だった。そんなに甘くはなく、上品な香りがしたのを覚えている。

自身番に行き、町役人に会った。三人がつめていた。

「あれ、御牧の旦那じゃないですか」

三人の町役人はなつかしがった。

「お久しぶりです」

「まったくだな」

丈右衛門は三人に笑いかけた。

「でも今、御牧の旦那というのは、わしのせがれのことだ」

「さようでしたね。失礼をいたしました」

丈右衛門は畳の縁に腰かけた。

「あの、御牧さま、こちらは」

町役人たちがさくらを気にする。

「ちょっとした知り合いだ」

「これはまたおきれいな人ですねえ」

丈右衛門はにっと笑った。

「そうだろう。背中の子は、わしの子ではないぞ」

笑みをおさめて、町役人たちにただす。

「川鍋屋の家人か奉公人で、このあたりに居残っている者はいないか」

「御牧さま、あの、どうしてそのようなことをおききになるんですか」

「ちょっと事情があるんだ」

「はあ、事情でございますか」

三人は事情の内容を知りたい顔つきだが、丈右衛門に話す気はない。

「教えてくれるとありがたいのだが」

「お安いご用でございますよ」

一人がうれしそうに口にした。

「一人います。今は別のところに奉公していますが」

奉公先を教えてもらい、丈右衛門はさくらを連れてさっそく会った。

男は十左衛門(じゅうざえもん)といい、本所林町(はやしちょう)一丁目の酒屋で働いていた。問屋ではなく、ほとんどが小売りのようだ。

店先に出てもらい、丈右衛門は十左衛門に相対した。さくらは丈右衛門のうしろで黙ってきく姿勢を取っている。

十左衛門は店に住みこんでいる、とのことだ。頭のよさそうな面差し(おもざ)をしている。この店に望まれて入ったのではないか。丈右衛門はそんな気がした。

「忙しいところをすまんな」

「いえ、かまいません」

そうはいいながらも、少し店のほうを気にしている。今は幸いにも、暖簾を払おうとしている客はいない。

「すぐに終わらせる」

「承知いたしました」

丈右衛門は一つ呼吸を置いてから、話した。

「押しこみに入られたときの様子を詳しくききたい」

十左衛門が眉を曇らせる。

「いやな話を思いださせて申しわけないのだが、どうしても知らなくてはならなくてな」

「わかりました」

十左衛門は真摯(しんし)に語ってくれたが、それは事前に吾市からきいた話の正しさが明かされたにすぎなかった。

「川鍋屋に女の奉公人は」

「ええ、いました。奥のことをやっていた者が」

「この者に手引きの疑いは」

「かかりませんでした」

それがしどもでも手引きした者がいたのでは、と調べてみましたが不明でした、と吾市はいっていた。

「この娘は、押し入られる一月前に店をやめましたから。一緒になる男ができたということで」

「その娘の名は」

「お代希と」

「今どこに」

「申しわけありません。手前は知りません」

そうか、と丈右衛門はいい、少し方向を変えた。

「川鍋屋に小間物屋は出入りしていたか」

十左衛門は思いだそうとしている。

「してましたね。お内儀や娘さんがいましたから。お代希も一緒に、奥座敷で品物を見ていたんじゃないでしょうか」

「その小間物屋の名を覚えているか」

「いえ。一度や二度は口をきいたことが、あったかもしれませんが、名まではきかなかったものですから」

「最近、その小間物屋を見たことは」

「ありません」

「小間物屋と内儀や娘御は親しかったか」

「ええ、そういうふうに見えました」

ぎくりとして十左衛門が見つめてくる。

「まさか、あの小間物屋が押しこみの一味で、お内儀や娘さんが手引きをしたってお考えになっているんですか」

丈右衛門は答えない。こういうときは相手にしゃべらせるだけしゃべらせたほうがいい。

「それはありませんよ。あの小間物屋が押しこみの一味だったかどうかは知りませんが、お内儀や娘さんがそうだったなんて。もし手引きなんかしていたら、あのあと店を立て直そうとした苦労は嘘ってことになりますからねえ。手前ども奉公人を含め、旦那さまもお内儀も娘さんも、そりゃ一所懸命だったんですから」

「そうだったか。すまないことをいった。申しわけない」

「いえ、あっしも年甲斐もなくいきり立ってしまって、すみません」

店に客が来た。ありがとう、と丈右衛門は礼をいってその場を離れた。

十左衛門に自分が来たことを口どめしようかと思ったが、それも詮ない気がしてやめておいた。口どめしたところでばれるときはばれる。

口どめした事実を文之介に知られるほうが、気分としてはよほどいやだ。

「川鍋屋さんに出入りしていた小間物屋は、駒蔵さんなんでしょうか」

うしろからさくらがいう。

「考えられるな」

「丈右衛門さまが、お代希さんという娘さんのことをきいてらしたのは、やはり疑いを抱いてらっしゃるからですか」

「そういうことだ」

「一ヶ月も前に店をやめているのに」

丈右衛門は足をとめ、さくらを振り返った。

「むしろ、そのことにわしは引っかかっているんだよ」

九

「旦那、次はどこに行きますかい」

勇七にきかれ、香七長屋の木戸を出たところで文之介は考えた。

「駒蔵の仕入れ先だな」

「どこなのか知っているんですかい」

「いや、知らねえ。でも、すぐに見つかるんじゃねえかって気がしている。この長屋からさほど離れていねえところじゃねえのかな」

「近くを当たればわかりますか。でも、どうして仕入れ先に行きたいんですかい」

「深い意味はねえんだ。ただ、駒蔵と親しかった者に話をききてえんだよ」

法恩寺橋を渡り、中之郷横川町、本所清水町、本所新坂町、本所長岡町、本所三笠町などを次々にめぐった。

南にくだって本所長崎町をすぎ、本所入江町に入ってすぐの小間物屋が、駒蔵の仕入れ先だった。

こぢんまりとした店で、むろん小売りもしている。品ぞろえは豊富で、昔からここで店をひらいているという雰囲気があった。

主人は庄之助（しょうのすけ）といい、頭が真っ白だ。その割に顔色はつやつやとし、意外に若く見えた。

文之介は軒下（のきした）で話をきいた。夏の陽射しがさえぎられ、吹き抜けてゆく風がけっこう涼しい。

文之介は駒蔵が死んだことをまず話した。

「ええっ、まことですか」

しばらく言葉をなくしていた。

「どういうふうに亡くなったんですか」

はっとする。

「お役人が見えるくらいだから、いい死に方ではなかったということですか」

「まあ、そうなっちまうな」

文之介は話した。

「さようですか。崖から落ちて……」

肩を落とし、寂しげな顔になった。

「事故ではないんですね」

「まだわからねえんだ。そのあたりを今、調べてる」

しばらくじっとうつむいていた。駒蔵のことをしのんでいるように見える。

「腕のいい小間物売りでしたよ」

唐突に口をひらいた。

「この店にとっては大きかったですよ。とにかく売ってくれましたからね」

「そうだったのか」

「手前は、駒蔵さんとは何度か一緒に飲んだことがあるんですよ。なかなか楽しい人でしたね。人の話をよくきいてくれて」

文之介は店の奥から目を感じた。見ると、品物が置かれている店の脇に娘がいた。泣いているようだ。薄暗い店のなかでも、目を真っ赤にしているのがわかった。

あの娘っ子は、と文之介は思った。駒蔵に惚れていたらしいな。

庄之助に顔を戻す。

「ここに駒蔵が友達を連れてきたことはなかったか」

「ありませんね。駒蔵さん、いつも一人でしたよ」

「最近、駒蔵に妙なところはなかったか」

「妙なところですか」

「おびえていたりだとか、そわそわしていたりだとか、やけに怒りっぽくなっていたとかだ」

「いえ、気づきませんでした」

「親しくしていた女を知らんか」

娘にきこえないように低い声でいった。

「いえ、存じません」

「おぬしの娘は親しくはなかったのか」

「えっ」

うしろを振り返る。娘はまだ泣いている。

「いえ、うちのは憧れていただけですよ。これは本当です。まだねんねですから」

文之介はうなずいた。

「親しい女だが、知らんか」

「ああ、そうでしたね」

庄之助は考えはじめた。

「親しいかどうかは存じませんが、手前と何度か一緒に飲んだ煮売り酒屋の女将を、駒蔵さん、気に入っているようには見えました。女将のほうも満更でもない様子でしたよ。なにしろ駒蔵さん、いい男でしたからねえ」

飲み屋の女将か。手繰るのには薄い筋のように思えるが、こういうことが意外に大きな手がかりにつながったりする。

煮売り酒屋の名と場所をきいて、文之介たちは小間物屋をあとにした。

煮売り酒屋は本所入江町からさらに南にくだった本所花町にあった。店は明木といった。庄之助から教えられていたが、これであきらぎと読むとは意外だった。

「勇七、世の中にはいろいろ知らねえことがあるもんだな」

「まったくですね。一生、学問に励まなきゃ駄目なんでしょう」

「勇七、そんなに学問が好きだったら手習所にでも行ったらどうだ。弥生ちゃん、おめえにならに懇切ていねいに教えてくれるぞ」

三月庵という手習所の師匠だ。仙太たちが教わっている。

「弥生さんですか」

勇七がなつかしげな声をだす。

「どうしているんですかね。そういえばずっと会っていないですよ。仙太ちゃんたちにきいてないんですかい」

「あいつら、なにもいわねえ。なにか変わったことがあったら教えるだろう。でも気になるな。仕事が終わったら、顔を見に行ってみるか」

「あっしはいいですよ。旦那一人で行ってください」

「相変わらず美人には興味がねえんだな」

明木はまだやっていない。だがしこみはしているのか、店内に人の気配はある。

「ごめんよ」

戸をあけて、文之介は顔だけ入れた。

人が三人ほどしか立てないせまい土間があり、それから上は座敷になっている。八畳間が一間だけのようだ。

「すみません、まだなんですよ」

透明な声が返ってきた。薄暗い厨房に女がいた。まな板で青物を刻んでいる。

「いや、客じゃねえんだ」

文之介はなかに入り、自分が何者かわかるようにした。

「あら、お役人」

包丁を置き、なかの暖簾を払って土間に出てきた。年増だが、なかなかの美人だ。

ただ、目尻のしわが渓谷のように深い。女ぶりがいいだけにそこだけがよけいに目立って、年月の残酷さを文之介は感じざるを得なかった。

「駒蔵を知っているな」

「はい、小間物売りの」

「そうだ。その駒蔵が死んだんでな、ちょっと話をききに来たんだ」

「ええっ、駒蔵さんが。――本当ですか」

文之介はどういう死に方だったか、話した。

「そうなんですか。——ああ、立ち話もなんですから、こちらにお座りになってくださいな」

「ありがとう」

文之介は座敷の縁に腰かけた。失礼します、と女将もつつましげに腰をおろした。

そっと乱れた裾(すそ)を直す。そのあたりの仕草に、長年こういう商売をしてきた者特有の香りが漂(ただよ)う。

「一人でこの店を切り盛りしているのか」

「はい」

「だいぶ長いのか」

女将はにこりと笑った。

「ええ、長いですよ。何年やっているとはいいませんけど。歳がばれちゃいますからね」

「そんな隠すような歳ではないだろう」

「隠すような歳ですよ」

自分でも気にしているのか、目尻のしわに触れた。

「駒蔵とは親しかったのか」

「いえ、別に」

女将が苦笑を浮かべる。

「ただの女将と客の関係です。肌を合わせたことなんか一度もありませんよ。何度か櫛とか簪などをいただいたことはありましたけど、あたしは子持ちですし、そういう気にはなれないんですよ」

「子供がいるのか」

「ええ、二人。二人とも男の子です」

子供に話が移った途端、女将の瞳が輝きはじめた。

「いくつだ」

「九つと七つです」

「ここにいるのか」

女将は上を指さした。

「二階です。今は二人とも手習所に行ってますから、静かですけど、夜なんてたいへんですよ。床をどんどんと蹴って、抜けちゃうんじゃないかって……」

ぼやいてみせるが、それでも瞳の輝きは失われない。

「おまえさん、亭主は」

「五年前に亡くなりました」

「すまん」

「いえ、いいんですよ」

微笑したが、わずかに寂しげな色がまじっている。

「駒蔵だが、一人でこの店に来たことはなかったか」

文之介が問うと、女将は真顔に戻った。

「ありませんでしたね。いつも小間物屋の庄之助さんと一緒でした」

「駒蔵のことで、最近なにか妙に思ったようなことはなかったか」

「最後に来たのは一月以上前でしょうけど、いつもの駒蔵さんだったと思いますよ」

これ以上きけることはなかった。

文之介と勇七は駒蔵の長屋に戻った。

「勇七、とりあえずこのあたりのききこみだ。なんでもいいから、駒蔵に関することを手に入れたい」

文之介と勇七は長屋の近所を徹底してききこんだ。

すぐに収穫があがった。

香七長屋から半町ほど南に行った長屋の女房の話だった。

「あれはいつでしたかしら、香七長屋にお友達がいるんで訪ねていったときです。長屋の近くをうろついていた娘がいましたよ。その駒蔵さんという人と関係あるのか、あたしにはわかりませんけど」

文之介は娘の人相をきいた。

なんとなく、先ほどの小間物屋の娘に似ているような気がした。

香七長屋の者にもう一度会い、こういう娘がいなかったか、話をきいた。

一人の女房が、そういえば、といった。

「駒蔵さんの店の前をうろついている娘を一度見ましたよ」

「人相を覚えているか」

その女房は思いだしながら、ぽつりぽつりと語った。

やはり、小間物屋の娘に似ているように思えた。背が低くて、子供のような小さな顔。

やや高い鼻、広い額、豊かな黒髪。

文之介と勇七は小間物屋に戻った。

「ああ、これはお役人。なにか」

客が来ていた。娘が三人で、品物を熱心に見ている。

「すまねえな。おまえさんの娘に会いたい」

「えっ、おさよですか。ちょっとお待ちください」

娘をともなって戻ってきた。

「なんでしょうか」

おさよが不審げにきく。

文之介は店から少し離れた場所に連れだした。おさよが眉をひそめる。

「おめえさん、駒蔵の長屋に行ったこと、あるかい」

文之介はやさしくきいた。

「いえ、ありません。駒蔵さんがどこに住んでいたのか知りませんし」

「さっき泣いていたな」

「悲しかったからです」

「惚れていたのか」

「えっ」

意外そうに文之介を見つめる。それから、にっこりと笑いかけてきた。

「好きだったときもありました。でも、さっき死んだことをきいても、思ったほど悲しくありませんでした。涙を流したら、すっきりしちゃいました」

おさよは駒蔵への思いは涙で流し去ったような、さっぱりした顔をしている。

このあたりは女だなあ、と文之介は思った。いつまでも引きずる男には、決して真似できない。

とにかく、おさよは嘘はついていないようだ。駒蔵の長屋に行くなど、つきまとうようなことはしそうにない娘に思える。

単に、人相が似ているにすぎないのだろう。

となると、と文之介は思った。ほかにそういう娘がいたことになる。

第三章　死骸の知り人

一

　仕事を終えて屋敷に帰ると、飯の支度がしてあり、しかもそれが豪勢だった。鯖の塩焼き、卵焼きにきゅうりの酢の物、たくあんにわかめの味噌汁。

「さくらちゃんですね」

「そうだ」

「帰ったのですか」

「ああ、四半刻ほど前にな。文之介、会いたかったか」

「いえ、別に」

　文之介は、丈右衛門がよく日に焼けているのに気づいた。

「他出されていたんですね。どこに行かれたのです」

「いろいろさ」

丈右衛門はあまり話そうとしない。

文之介も無理強いする気はなかった。

「文之介、味噌汁が冷めないうちに食べろ」

「はい、いただきます」

箸を取り、椀を手に持った。

さくらの包丁はやはり達者で、実にうまい。特にこの卵焼きはどうだろう。口に入れると、溶けていってしまう。どうすればこんな焼き方ができるのか。

「すごいですね」

「卵焼きだけじゃないさ」

丈右衛門は鯖の切り身をほぐしては、せっせと口に運んでいる。

「塩加減が絶妙だな。塩をふるのが上手なんだろう」

「でも父上、こんな豪勢な食事、誰がお足をだしているのですか」

「そいつか」

一瞬、丈右衛門が困った顔をした。

「さくらちゃんですね。どうしてさくらちゃんにださせているのですか」

「借りているだけだ」

「どうしてそんな真似をするのです」

丈右衛門が箸を置いた。

「話すよ。隠す気などもともとなかったんだが」

丈右衛門が語った。

「さくらちゃんと一緒に探索ですって。どうしてそんなことを」

「まあ、いろいろあるんだ」

文之介は考えた。よほどのことがない限り、父がさくらとともに事件の探索をするなどあり得ない。

はっと気づいた。信太郎がいない。いつもならこの居間に寝かされているのに。

「信太郎はどこです」

「ここにはいない」

文之介は眉根を寄せた。

「さくらちゃんに預けたんですか」

「そうだ」

どうして、といいかけて文之介はやめた。理由はわかりきっている。父は疲れたのだ。

文之介はまだつとめがあるからいい。丈右衛門は一日中、信太郎の世話をしなければならない。男にとってはきつい仕事だ。

丈右衛門が湯飲みに茶を注いでくれた。ありがとうございます、と文之介は湯飲みを手にした。

「今日、押しこみがあった店の者に会った」

「押しこみというと、二年前のですか。川鍋屋ですね」

父のことだからなにかをつかんだのでは、という期待があるが、現役の同心として隠居した父の働きにいつまでも頼るのもどうかと思うし、勝手をやられた怒りめいたものも心の隅でくすぶっている。

「川鍋屋だが、駒蔵らしい小間物売りが出入りしていた」

「そうなのですか」

さすがに食いつくしかない。もはや矜持とかはどうでもいい。事件が一刻でもはやく解決すれば、それが一番なのだ。

「川鍋屋には奉公していた娘がいた。名はお代希」

「その娘が手引きをしたと父上はお考えになっているのですか」

「どうかな。押しこまれる一月前にやめたというのは事実だろう。詳しい話をききたいが、残念ながら行方は知れん」

父は、お代希の所在を調べろといっている。それに、押しこみに入られる一月前に店をやめているというのは、どうしてか文之介には引っかかる。

父によれば、男と一緒になるためにやめたとのことだが、このお代希という女はなにか知っているような気がしてならない。

おそらく丈右衛門も同じ考えなのだろう。


翌朝、奉行所に出仕した文之介はお代希のことを又兵衛に話した。

「文之介、この娘のこと、おまえが調べたのか。ちがうな。もし調べがついていたのだったら、昨日のうちにわしに話していなきゃおかしいものな」

「父上です」

文之介は又兵衛を見つめた。いや、ほとんどにらみつけたといっていい。

「どうしてそんな目をする」

「事件のこと、父上にお話しになったのは、桑木さまではありませんか」

又兵衛がごほんと大仰な咳（せき）をし、それからのそのそと立ちあがった。

文之介はついていった。どこに行くのかと思ったら、玄関を出て大門のなかにある同心の詰所に入った。

これから定町廻りに出ようとする者たちの目が、又兵衛に吸い寄せられる。

「お代希という娘を捜しだしたい。二年前、押しこみに入られた川鍋屋に奉公していた娘だ。徹底して捜せ」

文之介はもちろん自分で見つけるつもりだった。

だが、その日のうちに見つけてきたのは吾市だった。文之介たちが見つけられずに戻ってきたとき、すでに奉行所に連れてきていたのだ。

今、又兵衛が部屋で話をきいているところだという。

「どうだ、文之介」

詰所で吾市が自慢する。

「やはり俺とおまえとでは、探索の腕がちがいすぎるんだよな」

こうやって大声でいうのも、吾市らしくていい。

「どうやって捜したのです」

「地道に足をつかったのよ。もっとも勘がいいから、すぐにたどりついちまった」

勘がいいかは別にして、縄張内を調べまわったら、本当にお代希にぶつかったのだろう。

こんな運もときには必要だ。

二

吾市は又兵衛に呼ばれ、部屋へ行った。

なかに入ると、しょげている様子のお代希の姿が目に飛びこんできた。

「詳しい話を、お代希からきいてくれ」

「それがしがですか」

「いやか」

「とんでもありません。穿鑿所でかまいませんか」

「少し窮屈だし、罪人でもないが、あそこなら話をきくにちょうどよかろう」

吾市はお代希を穿鑿所に連れてきた。

「ここはいつもは罪人などから話をきくところだが、まあ、気にせずともいい。かたくならんでくれ」

吾市は腰をおろした。

「おまえさんも座ってくれ」

お代希が正座する。せまい部屋に顔を突き合わせることになって、吾市は息がつまる思いだ。

しかもお代希からは濃密な女のにおいがわきたって、頭が変になりそうだ。胸のふくらみに目がいってしまいそうになるのを、必死にこらえる。

吾市は低い天井を見あげ、深い呼吸を何度か繰り返した。少しは落ち着いたところで、お代希を見た。

「会ったときにもいったが、駒蔵は死んだ」

ふつうにしゃべれたことに吾市は安堵した。

「はい、驚きました」

「おまえさんは、天罰が当たったんだわ、とつぶやいたが、まちがいないな」

「はい、確かにそう申しました」

「どうしてそんなことを口にした」

「卯吉さんの仇討のつもりだったんです」

卯吉というのは誰だ、とききかけて、吾市はその名が脳裏をかすめたのを感じた。覚えがある。

「卯吉というのは、川鍋屋の手代だな。押しこみに殺された男だ」

「はい、その通りです」

「おまえさん、駒蔵が押しこみの一人であるとわかっていたのか」

「確かな証というものはありませんでした。でもそれをきっとつかんで、あの男を獄門台に送りたかったのです」

「どうしてそんなことを思った」

「私はあの男の居場所をずっと捜していました。二年近くかかって、一月ほど前にようやく突きとめました」

体から力が抜けたようにうなだれる。

「でも、なにもできなかったんです。なんとかしなければ、という思いだけが残りました。卯吉さんに申しわけなくて……」

「無念だっただろうな」

「駒蔵とは一緒に出合茶屋に行ったこともあります。今となれば、どうしてあんな男と肌を合わせたのか、悔しくてなりません」

お代希が男の下で身もだえている光景を想像し、吾市はまずい、と思った。下腹が痛いくらいになってきた。

「一緒になる約束もしました。でも、店の人たちには相手が誰なのか、一切いいませんでした」

そうか、一緒になるという男は駒蔵だったのか。

「どうしていわなかった」

「駒蔵にいわれていたからです」

「駒蔵はどうしてそんなことをいったんだろうな」

お代希が学問のできない子を見るような目をした。

「そんなのは決まっています。うしろ暗いことがあるからです」

それはそうだろうな、と吾市は思った。でなければ、口どめなどするはずがない。

「私はあの男に利用されただけなんです。私が店をやめてしばらくしたら、あの男は姿を消してしまったんですから」

「なるほど」

「私はほとんど半狂乱になって捜しました。その間にお店は押しこみにやられたんです」

吾市には疑問があった。

「おまえさん、どうして駒蔵に利用されたといえるんだ。押しこみの晩、手引きしたわけではないのだろうが」

「私、教えたんです」

しばらくお代希は唇を引き結んでいた。

「五のつく日のことをしゃべってしまったんです」

どうもこの女の話はいろんなところに飛ぶな。

「五のつく日というのは」

「五のつく日は番頭さんをはじめ、男の奉公人の皆さんが外に飲みに出る日でした」

「奉公人にそんな勝手が許されるのか」

「旦那さまには黙ってのことです。でも、単なる息抜きで、飲んでいるのはほんの半刻か長くて一刻ほどにすぎなかったんです。ただ、そのあいだ裏口の戸はあいたままでした」

「そこから入られたんだな」

「はい。外出した皆さんが戻ってくるのは、だいたい九つ頃でした。飲みに行くのは同じ町内の煮売り酒屋で、かなりおそくまでやっているということでした」

お代希は少し間をあけた。

「おそらく番頭さんたちが出かけているあいだに、賊の一人が庭にでももぐりこんだのでしょう」

しばらく黙りこんだあと、お代希は口をひらいた。

「寝物語でした。お店でなにかおもしろいことがないか、と駒蔵にきかれてついしゃべってしまったんです。まさかそんな大事になるとは思わずに」

お代希が顔を手で覆った。

くそっ。嗚咽しているお代希を見ながら、吾市ははらわたが煮えくりかえっていた。

二年前、吾市が川鍋屋の探索に当たったとき、店の者はそんなことには一切触れなかった。奉公人たちは咎が及ぶのを怖れ、口裏を合わせていたのだ。

あいつら。吾市は唇を嚙み締めた。

目の前にお代希がいなかったら、壁を蹴りつけているところだった。

三

「なあ、勇七」

文之介はうしろを歩く中間に呼びかけた。朝日が正面から射しこんできて、まぶしくてならない。行く人が黒い影にしか見えない。

「あのお代希という女、遠くからしか顔を見てねえけど、小間物屋の娘に似ていたな」

「ええ、顔のつくりだけでなく、全体の雰囲気が似ていましたかね」

勇七が一歩近づく。

「ねえ旦那、お代希さん、いろんな話をしてくれたようですけど、駒蔵の探索に関して進展がありそうですかい」

「どうかな」

文之介は首を横に振ってみせた。

「お代希の話はありがてえことこの上ねえが、正直、たいした収穫が得られたわけじゃねえ。駒蔵の背後は、相変わらず黒い幕に覆われたままだ」

「そうなんですよねえ」

勇七がやや疲れた声をだした。

「どうした、勇七。体の具合でも悪いのか」

「いえ、そんなことはありませんよ。ただ、こう手がかりがないと旦那が疲れるんじゃないかって心配なんですよ」

「俺は疲れねえよ。なんていったって、仕事が大好きだからな。俺にとって探索は子供のおもちゃみてえなものさ。子供って、おもちゃを相手にしているとき、疲れなんか見せねえだろ。あれと同じさ」

「旦那にはもともとの才がありますからねえ」

「そんなことねえよ」

もしあるとするなら、父から受け継いだものだろう。きっと父も同心の仕事は大好きだったはずだ。そういう血を継げたのは、ありがたかった。

「いえ、旦那の才はあっしなんか足元にも及ばないですよ」

「いやあ、そんなこともねえだろうぜ。勇七がいろいろいってくれるから、俺もひらめくってこともあるんだ」

勇七がしみじみ見る。

「なんだ、その目は」

「いえ、旦那、最近いうことまで変わってきたなあって」

文之介は勇七の背中を叩いた。

「尊敬してやがんな」

「あっしは子供の頃からずっとですよ」

「嘘をつけ」

「嘘なんてつきませんよ。旦那はちっちゃい頃から人に親切だったし、それは今でも変わりゃしませんけど、あっしは見習わなきゃなあって思ってましたから」

「そうか。勇七はそんなこと、子供の頃に思っていたのか」

文之介は笑った。

「勇七、飯でも食うか」

「えっ、もうですかい」

勇七が空を見る。

「まだお天道さま、あんなところにいますけど」

「小腹が減ったんだ」

「朝飯、食べてないんですかい」

勇七が心配そうな目を向ける。

「いや、食べてきた。でも父上がつくったんだ。ろくなもんじゃねえよ。一所懸命つくってくれたのはわかるんだが、どうも食った気がしねえ」

「ご隠居がつくられたんですか。でしたら旦那、どこに行きますかい」

勇七がさとった顔つきになる。

「例のうどん屋ですね」

「ああ、うどんが食いたくてたまらねえんだよ」

「うどんというより、あの店のうどんが、でしょ」

深川久永町に向かった。せまい路地には、はやくもだしのにおいが漂っている。

「いいにおいだなあ」

文之介は深い呼吸を繰り返した。

「なんか生き返った気分になるぜ」

「まったくですねえ」

暖簾を払うと、いらっしゃいませ、と貫太郎の声がぶつかってきた。

「ああ、文之介の兄ちゃん、勇七の兄ちゃん、いらっしゃい」

「おう」

文之介は軽く手をあげた。

貫太郎が誰もいない座敷に導いてくれた。おえんが茶を持ってくる。

「冷たいのを二つくれ」

「ありがとうございます」

おえんが注文を通す。あいよ、と親父が返した。

「おえん、おめえ、やわらかな感じになってきたなあ。大人びてきたっていうのか」

「えっ、そうですか」

おえんが輝く瞳で文之介を見つめる。

「なんだろうな。やっぱり肉づきがよくなってきたせいかな」

「それって、太ってきたっておっしゃりたいんですか」

「そんなことはいってねえよ。つくべきところに肉がついて、女らしくなってきたっていうことさ。こういう暮らしが性に合っているんだろうなあ。よかったなあ」

「ありがとうございます。みんな、文之介さん、勇七さんのおかげです」

「まあ、そんなのはいいよ。前にいくらでもきいた」

横で勇七もうなずいている。

「なにか手づまりなんですかい」

厨房から親父がたずねてきた。

「どうしてわかる」

「この刻限に見えるのは珍しいから、なにかお話でもあるのかな、と」

「さすがだな」

文之介は立ちあがり、厨房のそばに行った。

「駒蔵っていう男のことを知らねえか。押しこみの一人だと思うんだが」

「いや、その名に心当たりはありませんね。その人を捜しているんですかい」

「いや、死んだんだ。それで、駒蔵の背後にいるはずの連中を捜している」

「殺されたんですかい」

「はっきりしねえ。だが、二年前の押しこみに関係しているんじゃねえかっていうことまではわかっている」

「二年前ですかい」

親父が思いだそうとしている。

「砂糖問屋の川鍋屋さんでしたかね」

「そうだ。あの押しこみのことで、知っていることはねえか」

「いえ、申しわけございません。あっしはまったく」

それでもじっと考えていた表情が、堅気のものでは決してなく、文之介は凝視してしまった。

「おめえ、いってえ何者なんだ」

親父がにやりと笑って、見つめ返す。

「そいつは前から申しあげているでしょう。あっしは――」

「ただのうどん屋の親父です、か」

「その通りですよ」

文之介と勇七は光り輝いて腰があり、喉越しのよいうどんを堪能した。

「これは誰が打ったんだ」

「誰だと思う」

貫太郎がいう。

「親父だな」

「残念、おいらだよ」

「貫太郎、おまえ、また腕をあげたな」

文之介と勇七はうどん屋を出た。貫太郎たちが見送ってくれる。

「また来てね」

「ああ、またな」

勇七は手を振っている。

路地を出た。家並みにさえぎられていた暑い陽射しにまともにさらされる。

「旦那、どこに行くんですかい」

「どこへ行くというあてもねえんだ。でもこうして歩いていると、なにかひらめくものがあるような気になってくる」

文之介はひたすら歩いた。勇七は黙ってついてくる。

いろいろな人が行きかっている。商人、百姓、浪人、勤番侍。

勤番といえば、とこの前、永代橋でやり合った侍を文之介は思いだした。

妻と不義をはたらいた同僚を斬ろうとした侍。名は確か太田といったはずだ。

あのあと太田は町役人に引っ立てられていったが、どうなったのだろう。大名家に引き取られたのまでは知っている。

その後、大名家からはなにもいってこない。どういう状況だったのか、説明するために上屋敷に呼ばれるのでは、と考えていたが、なにごともなく日がすぎた。

太田か、と思った。すごい遣い手だった。もしあのとき太田が酔っていなかったら、俺はどうなっていたのだろう。

斬り殺されていたのではないか。

いや、そんなことはあるまい。素面でやっても俺が勝っていた。

町役人に引っ立てられたとき、すごい目で俺をにらみつけていた。あれは本気で殺しに来る目つきに見えた。

あらわれるのだろうか。かもしれない。

そのときのために、せめて心の支度だけはしておかなければならない。

歓声がきこえた。小さな子供たちが道を駆けてゆく。仙太たちを思いだした。今頃、手習に励んでいるのだろう。

女連れの隠居然とした者とすれちがった。

女のほうは明らかに妾だ。白昼堂々、いちゃついている。

今夜はたっぷりとかわいがってやるからな。あたしこそ、寝かせないですから。

そんなことをいい合っている。

「なんですかい、ありゃ」

遠ざかってゆく二人を見て、勇七があきれた声をだした。

「最近、ああいうのが多いな。恥を知らねえ輩がずいぶんと増えてきやがった」

不意に、ひらめきの光が走ったような気がした。

妾か。一人の女の面影が脳裏に浮かぶ。少し陰を感じさせる女。

あの陰はいったいなんなのか。あの女、なにか知っていることがあるんじゃねえのか。

あくまでも勘にすぎないが、文之介には確信めいたものがある。

「勇七、行きてえところができた」

勇七が期待に満ちた目でのぞきこむ。

「なにか思いついたんですかい」

文之介は深く顎を引いた。

「お美真のところに行ってみよう」

四

お代希のことはあまり役に立たなかったらしいのを、丈右衛門は又兵衛からきいた。

そのことを、一緒に歩いているさくらに告げた。

「そうですか。残念ですね」

信太郎をおんぶしているさくらは本気で落胆している。

「いや、そんなに気を落とすことはない。こういうのは探索にはつきものだ」

「丈右衛門さまでも、そういうことはあったのですか」

「ありすぎたくらいだ」

「お疲れにならなかったのですか」

「疲れなかったといえば嘘になる。でも、わしは一晩寝たら、けろっとしていた。すぐに、次の手がかりをつかむことに集中していた」

「どうしてそんなふうにおできになったんですか」

「仕事が好きだったんだろう。好きなことなら、どんな難儀なことがあったとしても、乗り越えられるものだと思う」

丈右衛門はさくらを見た。

「おそらく、文之介も同じ気持ちで仕事に励んでいると思うな」

「そうですか」

さくらが熱を帯びたような目で丈右衛門を見る。

「話がくどくなるが、探索というのはそういうものなんだと思う。百つかんで二つか三つが役に立てばいい。そういう無駄の繰り返しだな。決して投げださず飽きずにやれる者だけが、腕利きに育ってゆくんだろう」

その点でいえば、と丈右衛門は思った。文之介はいいかもしれない。飽きることはまずあるまい。なにしろ好奇の心が強い。

「楽しそうですね」

不意にさくらにいわれた。

「なにを考えていらしたんです」

「事件のことさ」

「事件のことを考えると、楽しいんですか」

「まあな。体にしみついたものはそうたやすく取れるものではない」

「そういうものですか。丈右衛門さま、これからどこに行くんですか」

「昨夜、寝床で考えたことがある」

「寝床で。なんです」

「どうして駒蔵は小間物売りになったのか、ということだ」

小間物屋というのは、いろいろなところをめぐり歩く商売だ。商家に出入りしてもむしろそれは自然で、怪しまれることがない。

だから選んだ、というだけのことかもしれないが、丈右衛門はどうもそれだけではないような気がしている。

駒蔵が小間物売りとして腕利きだったことに、引っかかっているのかもしれない。

むろん、はじめて商売をする者でも機微をすぐさま感じ取ってうまくやる者はいくらでもいるのだろう。

駒蔵もそういう者の一人かもしれなかったが、やはり引っかかりをそのままにして通りすぎることはできない。

「もと同心の勘ですか」

「そう思ってもらっていい」

あいつは、と丈右衛門は思った。勘はいいのかな。

子供の頃から勘はよかった。今はもっといい勘働きをしているように思える。きっと同心として生まれついた血が、仕事をこなすにつれ、さらなる力を引きだしたのではないか。

「また楽しそうですよ」

さくらが笑いかける。丈右衛門は笑い返した。

「楽しいんだ」

駒蔵がどこから品物を仕入れていたか、それは又兵衛からきいてわかっている。これは文之介が調べだしたとのことだ。

丈右衛門の知った店で、本所入江町にある。

「御牧の旦那、よく来てくださいました」

行くと、店主はなつかしがってくれた。手を取らんばかりだ。

「庄之助、元気そうだな」

「ええ、おかげさまでといいたいところですが、歳は取りましたよ」

「そうだな。髪がずいぶんと白くなった」

庄之助が見あげる。

「御牧の旦那はあまり変わらないですねえ。相変わらず若々しい」

「そんなことはないさ。体中にがたがきている」

丈右衛門は店の奥を見た。たくさんの品物が並べられているなか、若い娘が立っていた。

「おさよか」

娘がにっこりと笑ってお辞儀した。

「ご無沙汰してます」

「まったくだなあ。ずいぶんときれいになったじゃないか。いくつだ」

「もう二十一です」

嫁にはまだ行っていないということか。いや、おさよは一人娘だ。婿を迎えなければならないはずだ。

「御牧の旦那、そちらのお方は」

庄之助の目はさくらを見ている。背中の赤子はまさか御牧の旦那のお子なのか、という表情をしている。

「いや、ちょっとした知り合いだ。今、その赤子の面倒を見てもらっている」

「その赤子、御牧の旦那のお子なんですか」

「ちがう。話せば長いんだ」

丈右衛門は首筋の汗をぬぐい取った。

「駒蔵のことで来たんだ」

庄之助が、あっという顔になった。

「昨日見えた若いお方は、旦那のご子息ですかい」

「子息って柄じゃあねえが」

「やっぱり親子ですねえ、よく似てらっしゃいますよ」

丈右衛門はそういわれて少しうれしかった。

「庄之助、どうして駒蔵が小間物売りになったか、いきさつを知っているか」

「ええ、親父さんがそうでしたから、跡を継いだんでしょう」

やはりそういうことだったか。

「親父のほうも、この店から品物を仕入れていたのか」

「いえ、最初は別の店です」

「この店に替えたということか」

「そういうことです」

庄之助が説明する。

「駒蔵の親父さんは康蔵さんといったんですが、以前仕入れていた小間物屋が店を閉めちまったんですよ。もともとその店の主人は病気がちで、跡取りを半年前に病で失ったこともあって、店を続ける気力が失せちまったんですよ」

「その店の紹介で、康蔵がここにやってきたのか」

「そういうことです」

丈右衛門は顎を一つなでた。

「庄之助、康蔵が前に仕入れていた店はなんというんだ」

「長尾屋さんです。あるじは元三郎さん」

丈右衛門はきき覚えのある名か、脳裏を探った。

「ご存じですかい」

「いや、知らん」

「話をおききになりたいんでしたら、紹介しますよ。元三郎さん、ぴんぴんしてますからねえ」

「病気がちとのことだったが」

「立ち直ったんですよ。ありゃ、当分大丈夫でしょう。この前、会いましたけど、顔色も昔にくらべたらずいぶんよくなってましたからねえ」

ありがとう、と丈右衛門は店を離れた。

庄之助が名残惜しそうな顔をしている。

「またお運びになってください」

「ああ、きっとだ」

丈右衛門は庄之助に教えられた通りの道を進んだ。大横川沿いを南にくだり、北辻橋、新辻橋と渡って、西へ二町ほど竪川沿いを進む。

「丈右衛門さまはすごいですねえ」

信太郎をあやしながらさくらがいう。

「会う人会う人、みんな、なつかしがってくれるじゃないですか」

「たいしたことじゃないさ。無沙汰をしているのがわかってつらいものもある」

「でもやっぱりすごいと思います」

元三郎の家に着いた。

本所茅場町（かやばちょう）だ。庄之助の店から歩いたのは、ほんの六、七町でしかない。

いかにも以前は商売をしていましたという風情（ふぜい）のしもた屋だ。

丈右衛門は庭のほうにまわり、枝折戸を抜けて訪いを入れた。

障子があき、顔を見せたのは顔中しわだらけの年寄りだ。体も小柄で、手の甲にもしわが一杯に寄っている。

「いらっしゃい。どなたさまですか」

丈右衛門は名乗り、さくらの紹介もした。

「御牧さまにさくらさんですか。こちらにどうぞ、おかけになって」

濡縁を手で示す。

「ありがとう」

丈右衛門はさくらを先に座らせてから、腰をおろした。信太郎はぐっすり寝ている。

濡縁は頭上に木々の枝がかかっているせいで、じかに陽射しにあぶられることはない。

年寄りは律儀に畳の上に正座した。

庄之助のいうように顔色はいい。

「どういうご用件ですか」

「おまえさん、元三郎さんだな」

「はい、さようで」

庄之助の紹介でやってきた、と丈右衛門はいった。

「ああ、庄之助さんですか。あの人は、とてもいい人ですなあ」

「そうだな。おまえさん、駒蔵を知っているか」

「ええ、小間物売りですね。もちろんですよ」

「死んだのは」

「ええっ」

びっくりして、大口をあけた。ほとんど歯がなくなっている。

「駒蔵さん、死んだんですか」

丈右衛門は駒蔵の死について知っていることを伝えた。

「崖から落ちて……。かわいそうに。まさか酔っ払ってではありませんか」

「どうしてそう思う」

「駒蔵さんの父親の康蔵さんも大の酒好きで、駒蔵さんはその血を受け継いでましたからね」

「康蔵は今どうしている」

「とっくにあの世に行っていますよ。酒で命を縮めたようなものでしょう。だけでなく、女好きでもあったから、そっちも関係しているのかもしれませんね」

「女好きだったのか」

「ええ、そりゃあもう。小間物屋でいい男でしたからね、まさに手当たり次第って感じでしたよ。肌になじんだ女はいくらでもいたでしょうねえ。うらやましい限りですけど、そのために家のなかでは、いざこざが絶えなかったみたいですねえ」

亭主がそうなら家は荒れざるを得ないだろうな、と丈右衛門は思った。

「そういうこともあって、駒蔵さんも家に居つかなくなったんですよ。子は駒蔵さん一人きりでしたから、母親のお保(やす)さんが哀れでしたねえ」

「母親は今どうしている」

あるじが思いだす。

「一年くらい前ですかね、養生させるとかで駒蔵さんが連れていきましたよ。どこに行ったかは存じません。でもお保さん、足も不自由みたいでしたからね、もう亡くなってしまったかもしれませんよ」

丈右衛門は、駒蔵のことをよく知っている者に心当たりはないか、きいた。

あるじはしばらく考えていた。

「一人います。駒蔵さんの幼なじみですが」

五

「ここで駒蔵が死んでいたんだよな」

足をとめて、文之介は崖を見あげた。

「ええ、そうですね」

目をおろし、地面を見た。

「もうなんの痕跡(こんせき)もねえな」

「ええ」

一時はきっと駒蔵の死のことは噂のタネになったのだろうが、ここで人が死んでいたことなど、人々はすぐに忘れてしまうのだろう。

ときの無常を文之介は覚えた。

細い道をあがると、ひらけた場所に出た。深い木々に囲まれるようにして、一軒の家が建っている。

勇七が先に進んで、声をかけた。

はい、と声がしてお美真が濡縁に出てきた。文之介を見て目をみはる。

「あの、なにか」

相変わらず陰がある。

別に顔が暗いというわけではない。醸しだす雰囲気というべきものか。人の妾などやっていることもあり、いろいろと背負っているものが重いのだろうか。

「話をききたくてな」

「話ですか。あの、どのような」

文之介は濡縁を指さした。

「座ってもいいかい」

「はい、どうぞ。気がつきませんで。——今、お茶をお持ちします」

腰かけた文之介がいったときには、お美真は奥のほうに去っていた。

「気をつかわんでもいいぞ」

「ご馳走になるか。暑いときに熱い茶を飲むのも一興だろうぜ」

勇七は立ったままだ。座るようにいってもきかないから、文之介もいわない。

お美真は盆を捧げるように持って戻ってきた。どうぞ、と湯飲みを文之介の前に置く。

文之介は手にし、勇七に手渡した。

「あれ、冷てえな」

「はい、一度湯でいれたお茶を泉で冷やしておくんです」

「泉があるのか」

「はい。そちらに」

お美真が庭の木々の奥のほうを指さす。

「どうしてか、木々に埋まったような岩の隙間からわき出ているんです」

「へえ、そりゃいいな」

江戸は水が悪いといわれている。茶を冷やせるだけの泉は重宝この上ない。

文之介は茶を喫した。やや苦みが強いが、これはわざとこうしているのだろう。茶が喉をくぐってゆくと、爽快さが全身を走り抜けていった。

「うまいなあ」

お美真はにっこりと笑った。いい笑顔で、陰を覚えさせなかった。これが本当のお美真なのでは、という気がした。

文之介は茶を飲みほした。ああ、うまかった、と湯飲みを茶托に置いた。

「やってきたのはほかでもねえ。駒蔵のことだ」

「はい」

「おめえさん、本当はあの死骸が――」

文之介は喉に茶の渋みが引っかかったか、少し咳きこんだ。大丈夫ですかい、と勇七が背をさすってくれた。

「ありがとう」

お美真が文之介をじっと見ている。

「おめえさん、あの死骸がはなから駒蔵だって、わかっていたんじゃないのか」

あっ、という顔をして、お美真ががくりとうなだれる。

「その通りです」

「どうして死骸を見つけたとき、そのことを話さなかった」

「亡くなった夜、あの人、来るといっていたんです。あの夜、旦那が来ないのはもうずっと前からわかっていて、私、いても立ってもいられずに外へ出たんです」

駒蔵のことを話しているうちに悲しみが盛りあがってきたようで、お美真は涙をためている。

「そして、駒蔵さんの遺骸を見つけてしまいました。最初はわかりませんでした。本当です。人が死んでいるのを見たのははじめてでしたから」

「動転したのはわかる」

「ありがとうございます。町役人の方々に一緒に来てもらって、そのときはじめて死んでいるのが駒蔵さんだとわかりました。そのことを申しあげなかったのは――」

お美真が言葉をいったん切る。

「そのことをいってしまったら、駒蔵さんとのことが旦那にばれるんじゃないかと思ったからです。旦那に捨てられたら、私、行くところがないものですから」

しばらく間を置いてから、文之介は再び問いをはじめた。

「駒蔵とは深い仲だったんだな」

「……はい」

小声で答えた。

「いつからそういう仲に」

「半年ほど前です」

「おめえ、そのときにはもうここに住んでいたんだな」

「はい。あの人は小間物を売りに来ました」

「お美真、駒蔵は自分の家族のことを話したことがあったか」

お美真は少し考えた。

「あまり話したがりませんでしたが、もともと小間物屋のせがれだったそうです」

「跡を継いだのか」

「そういう言葉が当てはまるものかどうか。父親の女癖がとにかく悪く、あの人、家にはほとんど寄りつくことなく、若い頃は荒れていたそうです」

そういうこともあって、闇の世に足を踏み入れたのか。

「家に寄りつかなくなったのは、おとっつあんの女癖のせいだけではなかったようですけど」

「というと」

「子供の頃、いつも殴られたり蹴られたりしていた、といっていました」

そういうことがあったのか。気の毒といえば気の毒だが、だからといって押しこみの一味になっていいことにはならない。

「駒蔵と一緒にいて、妙だなと感じたことはなかったのか。堅気と思っていたのか」

「いえ。堅気でないのは薄々感じていました。あの人、いったいなにをしていたのですか」

「ああ、話していなかったか。他言はするなよ。駒蔵は押しこみの一人かもしれん」

「えっ、押しこみですか」

「ああ、そうだ」

お美真が目を畳に落とす。

「裏でなにをしていたのか、本当に存じませんでした」

嘘はいっていないように見えた。もっとも、文之介や勇七に女の嘘を見抜くすべはない。

「駒蔵が仲間と一緒にいるところを見たことないか」

ございません、と答えかけて、あっ、という感じで首をひねった。お美真は必死に思いだそうとしている。なにかを心の奥からつかみあげようとしていた。

顔をあげる。確信と呼ぶべき表情が刻みつけられていた。

「駒蔵さんの仲間のことですが、一月ほど前、駒蔵さんと出合茶屋に入ったとき――」

少し恥ずかしげに目を落とす。

「駒蔵さんが目配せしたのでは、と思える男の人がいました。それに気づいて、向こうも返してきたように思いました。お互いまったく口をきくことはなかったんですけど、なにか妙な空気が流れたのを覚えています」

「その男の顔を覚えているか」

「いえ、あまり」

しかし、人相書を描いてもらったほうがいいのはまちがいない。

「人相書を描くのに力を貸してもらいたいんだが」

「でも、どの程度力をお貸しできるものか……」

「とにかく人相書の達者を呼んでくる。――勇七、斧之丞さんを連れてきてくれ」

「承知しました」

勇七が走り去った。

お美真と二人きりになり、少し息がつまるように思えた。文之介は茶のおかわりをもらった。

それを飲みながら、お美真にきいた。

「旦那はどんな男だ」

「さる商家の主人です」

「隠居じゃないのか。やさしいか」

「ええ、とても」

「でも駒蔵のほうがやさしかったか」

「いえ、そういうことは」

お美真がうつむく。

「旦那は月に何度くらい来る」

「せいぜい一度です」

「意外だな。ずいぶん少ない」

それならば、お美真が駒蔵とできたのも仕方ない気がする。

「俺だったら、毎日来るけどなあ」

これはほとんど本音だ。

「旦那さまの住んでいるところ、ちょっと遠いんです」

「どこだ」

「本郷（ほんごう）のほうです」

歩けば一刻ではすまないかもしれない。

「どうして、近いところにしなかったんだろう」

「お内儀にばれるのが怖いんですよ」

「旦那は養子か」

「いえ、なんでも必死に口説いてようやくお内儀になってもらった人らしいんです。浮気をしたら離縁という条件で」

「妾は浮気じゃない、といえないこともないんだろうけど、その女房は認めないんだろうなあ」

「ええ、きっと」

文之介はお美真を見つめた。

「おめえ、どうして人の妾になった」

お美真が目を伏せる。

「ほかになれるものがありませんから」

「家人は」

「私がまだ小さな頃、二親は病で亡くなりました。兄弟姉妹はおりません」

この女のこれまでの苦労が見えるようで、文之介は口を閉じた。

それからは無言のときが続いた。文之介は立ちあがり、庭の木々を見たりした。

やがて勇七が斧之丞を連れて戻ってきた。

「池沢さん、こちらです」

文之介は斧之丞にお美真を紹介した。

「よし、やるか」

斧之丞が濡縁に腰かけ、矢立（やたて）を取りだした。

文之介は斧之丞とお美真のやりとりをきいていたが、意外にお美真の覚えは正確だ。

「文之介、いい人相書ができたぞ」

人相書を両手で掲げた斧之丞の顔は自信に満ちあふれている。

これは相当の手応えがあったのだろう。

六

以前、駒蔵の一家は本所菊川（きくかわ）町に住んでいたとのことだ。

丈右衛門が元三郎から教えてもらったのは、そのとき近所に住んでいた一家の子供だ。仲はとてもよかったらしい。名は久八（きゅうはち）。

今、久八が住んでいるのは本所林町四丁目とのことで、丈右衛門たちは長屋にやってきた。

久八は不在だった。路地にいた女房によると、仕事に出ているという。久八は石工とのことだ。

仕事場は同じ町内で、丈右衛門はさくらとともに向かった。

竪川の河岸のすぐそばに、久八の仕事場はあった。五名ほどの石工が石を相手に大槌(おおづち)を振るったり、金槌を石に打ちつけたりしている。なかには、岩のように大きな石と格闘しているようにしか見えない者もいた。

陽射しをじかに浴びて、誰もがおびただしい汗を流している。あのうちの誰かが久八なのだろう。

道沿いの右手に小屋があり、そこでも仕事が行われていた。丈右衛門は歩み寄った。

筋骨が隆としたたくましい男が床几(しょうぎ)に座りこみ、鏨(たがね)をつかって細かい細工をしていた。

この男がこの仕事場の頭だろう、と踏んだ。

丈右衛門は小屋に顔を入れ、久八さんに会いたいんだが、といった。

「あなたさまは」

顔をあげた男は、ていねいな口調できいてきた。

丈右衛門は名乗った。

「御牧さま。どんなご用件なんですかい」

「ききたいことがあるんだ」

どんなことか知りたそうにしたが、男は黙って立ちあがった。

「長話になりますかい」

「かもしれん」

「急を要する話ですかい。たとえば、親の死に目に会えないとか」

「いや、そこまで急いてはおらん」

「でしたら、申しわけないんですが、あとにしていただけたらありがたいんですよ」

仕事場はいかにも忙しそうだ。

「いつならいい」

「久八は腕がいいものですから、やつにしかできない仕事ってのがあるんですよ。今、いくつもの急ぎの仕事が重なって入っちまってましてね。手が放せないんで、暮れ六つ頃がいいんじゃないかと思うんです」

「暮れ六つか」

無理強いはできない。同心だった頃なら引き下がることはまずないだろうが、今はただの隠居だ。

「その頃、仕事が終わるわけじゃありませんが、飯にするものですから」

「わかった。暮れ六つにまた来る」

丈右衛門とさくらは、石を叩き、削る音を背中できいて歩きだした。

丈右衛門は空を見あげた。暮れ六つまであと一刻はある。

「ときを潰さなきゃならんな」

「どうしますか」

「こういうときは休んだほうがいい。確かあちらに茶店があるはずだ。茶でも飲もう」

さくらを連れていったのは、本所林町一丁目だ。竪川に架けられた二ッ目之橋(ふたつめのはし)のそばにある水茶屋だ。

丈右衛門たちは、幟(のぼり)が風に穏やかに揺れている茶店に入った。

茶を飲み、名物の団子を食べた。そんなに甘みはないが、ねっとりとした餅を嚙むと、逆に弾けるように切れる感じがするのがおもしろい。久しぶりに食べた丈右衛門はなつかしさに包まれた。

この茶店に来たのは、いつ以来だったのだろう。おそらく五年ではきかない。

「おいしいお団子ですね」

「本当だな」

「丈右衛門さま、ご内儀はどうされたんですか」

「なんだ、いきなり」

「どんな方だったのかうかがいたいんです」

「同じ組屋敷内の娘だ。心根のやさしい女だったな」

「そのあたり、文之介さまに似ているのではありませんか」

「かもしれん」

「いつ亡くなったのです」

「だいぶ前だ」

「すみません」

「なにを謝る」

「いえ、なにか思いだしたくないように見えたものですから」

「ああ、いやいいんだ」

丈右衛門は茶を喫した。団子のたれが洗い流されて、口のなかがすっきりした。

「後添(のちぞ)えの話は」

丈右衛門はさくらに顔を向けた。

「ないな」

「好きな人はいらっしゃるんでしょ」

どきりとした。

「どうしてそう思う」

できるだけ平静にきく。

さくらが微笑する。

「だって、きれいな人と行きちがっても目もくれないし。私のことなんか、なにも感じないみたいですし」

よく見ているな、と丈右衛門は感心した。この娘は、同心としての資質があるかもしれない。

「すみませんねえ、待たせちまって」

小屋の軒下で久八が頭を下げる。両肩など筋骨でぐっと盛りあがっていて、どこか力士を思わせる体だが、顔つきはとてもやさしく、気のいい男のようだ。汗をたっぷりかいているが、顔を洗ったようでさっぱりした表情をしている。

長床几が置かれている。ここの男たちはこれに座って飯を食べるのだろう。

「どうぞ、腰を休めておくんなさい」

「ありがとう」

さくら、丈右衛門、久八の順で腰かけた。

「あっしにききたいことがあるってことですが、なんですかい」

久八のほうから水を向けてきた。

「駒蔵のことだ。どんな男だったのか、知りたいんだ」

「駒蔵ですかい。どうしてあいつのことを知りたいんですか」

「死んだんだ」

「ええっ、本当ですか」

久八は立ちあがりかけた。驚きに目を大きくしている。

「本当だ。わしがじかに骸を目にしたわけではないのだが」

丈右衛門は駒蔵の死にざまを語った。

「あいつ、死んじまったんですか……」

肩を落としている。

「事故ですか」

「殺しかもしれん」

「ええっ。まさか」

丈右衛門は黙っていた。さくらもじっと下を向いている。

「もう何年も会っていませんけど、幼なじみに死なれると、つらいもんですねえ」

涙ぐんでいる。

悲しみが去るまで待つしかない。

「すみませんでした」

やがて顔をあげていった。

「少しは落ち着いたか」

「はい、ありがとうございます」

丈右衛門は昔の身分を明かし、今、この一件をわけあって調べていると告げた。

「話してくれるか」

「はい、もちろんです」

久八は唇を湿らせた。

「幼い頃、あいつはひどい暮らしでしたよ。おとっつあんの康蔵さんは酒が入ると女房のお保さんを殴りつけていました。だけでなく駒蔵もこっぴどく」

力なげに首を振る。

「ですから駒蔵のやつ、よく俺んちに逃げてきたものですよ」

七

もう日が暮れはじめているといっても、太陽に一日あぶられ続けた地面は、暑熱を持っている。

急ぎ足で行く文之介は、だらだらと出てくる汗をとめることができない。

うしろの勇七も手ぬぐいでしきりに汗をふいているが、手ぬぐい自体、ぐっしょりとなってしまっているようだ。

「ここだな」

横川沿いを北に歩を進めていた文之介が足をとめたのは、業平橋の近くである。

小梅村の端のほうだ。南側に見えている武家屋敷は、遠江の横須賀で三万五千石を領する西尾家の抱屋敷だろう。

出合茶屋の磯山はせまい道沿いにひっそりと建っていた。斜向かいにもう一軒、出合茶屋があると思ったが、そこはどうやら料亭だった。

文之介は磯山に足を踏み入れようとして、とどまった。

「どうかしたんですかい」

「おめえと俺が一緒に入ったら、どっちが陰間に見られるのかと思ってな」

文之介は勇七をじろじろ見た。

「勇七のほうがいい男だから、おめえかな」

文之介は戸口に身を入れた。

「ごめんよ」

「いらっしゃいませ」

奥から廊下をやってきて、正座したのは女将らしい女だ。やせて姿はいいのに、どことなく脂ぎった顔をしている。

文之介と勇七を見ても、眉一つ動かさない。男同士の客にも慣れているのだろう。それか、薄暗いなか、文之介たちを即座に町方と見て取ったか。

　文之介は名乗った。

「こいつを捜している」

　懐から取りだした人相書を見せる。

「ここは暗いので、ちょっとそちらで見てきます」

　入口脇にある部屋に入っていった。すぐに出てきた。

「存じませんねえ」

「ここには女中はいるのか」

「はい、おります」

「その者たちにも見せてやってくれ」

「承知いたしました」

　女将が奥に向かって歩きだす。

　外がいっそう暗くなってゆく。帰りは提灯がいるな、と文之介が思ったとき、女将が戻ってきた。

「全員にききましたが、知りません、とそろって申しています」

　じかにききたいが、出合茶屋などはこれから混む刻限なのだろう。

仕方がない。ここはとりあえず引き下がるしかなかった。

それに、と文之介は思った。ここは、駒蔵ともう一人の男がつかっていた出合茶屋だ。もしかしたら、押しこみどもの巣になっていることも考えられないではない。

とすると、人相書を見せたのはまずいことをしたことになるが、それでなにか動きがあればそのほうがいい、と思い直した。

いったん道に出た。少し離れた藪の前に立って磯山を眺めていたが、かなり繁盛しているようで、わけありらしい男女が頻繁に出入りしている。

それでも、夜よりも昼のほうがはやっているのか、通いの女中らしい者が何人か外に出てきた。

文之介と勇七は女たちの前途をさえぎり、話をきいた。

しかし誰もが、この人は知りません、と口をそろえた。本当に知らないのか、覚えていないのか、それともとぼけているのか、文之介には判断がつかない。

女たちを解き放つ。

勇七、と文之介は呼びかけた。

「ここにいてくれ。俺はいったん奉行所に行ってくる」

勇七をそこに置き、提灯に火を入れて文之介は走りだした。

奉行所に着いたときは、汗まみれになっていた。

「なんだ、文之介、川にでもはまったのか」

文之介は息が荒すぎて、又兵衛の冗談に一言も返せなかった。

「なにがあった」

文之介は、出合茶屋の磯山のことを話し、人手をだして張ってもらいたいのです、といった。

「駒蔵ともう一人の者が来たということは、ほかの者も来るかもしれませんし」

「なるほどな」

又兵衛は了解した。

「よし、まずは文之介。おまえたちが張れ。あとで代わりの者を向かわせる」

「よろしくお願いします」

文之介は勇七のもとに戻った。


その夜、文之介と勇七は出合茶屋が終わるまで、斜向かいの料亭で張った。料亭の二階の空き座敷を借りたのだ。

「しかし勇七、あの手の商売は儲かるんだろうなあ」

「ええ、そう思いますよ」

ひっきりなしに男女が出たり入ったりを繰り返している。むろん、男同士でしけこむ者もいる。

「勇七、こういうところはいくら取るんだ」

「つかったことはありませんからね、知りませんよ」

「俺もだ。高いのかな」

「あまり高いんだったら、こんなに多くの人がつかわないんじゃないですかね」

「そうだよな」

不意に甲高い女の声を耳にして、文之介は路上に目を落とした。

磯山のなかでなにかあったのか、口喧嘩かをしながら出てきた男女がいた。男はでっぷりと太っており、目が肉に埋まっているかのように細い。お世辞にもいい男とはいえないが、連れている女はなかなかきれいだ。

二人はいい争いをしながら、業平橋のほうに消えていった。男が掲げていた提灯の明かりも闇にかき消された。

四つ前になって、ようやく又兵衛から代わりの者が来た。石堂と中間だ。

磯山の前で、途方に暮れたような様子を見せている。

文之介と勇七は下におりていった。

「おう、文之介」

文之介は石堂を料亭に案内した。もうとうに看板になっており、料亭にはありがた迷惑な話だろうが、ここはいたし方ない。

「よし、ここで朝まで見張ればいいんだな。まかしておけ」

二階座敷に陣取った石堂がいった。よろしくお願いします、と文之介は道に出た。奉行所の方向に戻りはじめる。

「勇七、腹が空いたなあ」

「ええ、ぺこぺこですよ」

「どこかでなにか腹に入れねえと、寝られねえぞ」

「旦那、あそこに夜鳴き蕎麦がいますよ」

屋台だが、すでに店じまいをはじめているようだ。

「親父、食わせてくれねえか」

文之介は近づいて、声をかけた。

えっ、という顔をしたが、文之介たちが町方であるのを知り、ようございますよ、と小腰をかがめた。

「火を落とす前でよかったですよ」

親父は手ばやくつくってくれた。

文之介と勇七はふうふういって、蕎麦を食べた。夜になって大気は冷えてきており、熱い蕎麦は格別だった。

「勇七、うめえなあ」

「ええ、生き返る気分ですよ」

「親父、もう一杯ずつくれ」

へい、と親父が元気よく答える。

「勇七、うめえなあ」

勇七はにこにこ笑っている。

勇七と一緒に食べると、と文之介は思った。なんでこんなにおいしいんだろう。

八

「ただいま戻りました」

文之介が式台にあがると、丈右衛門が近づいてきた。心配の色が顔に出ている。

「無事だったか」

「はあ」

なにか、まだ子供に見られている感じがする。実際、丈右衛門から見れば子供そのものなのだろう。

なんとなくいやだったが、文之介はそのことはいわずにいた。それに、ここ最近の丈右衛門はどこか小さくなった感がある。

　これは俺が成長したからだ、と思いたいが、丈右衛門が歳を取り、本当に小さくなってきたのでは、と思えないこともない。

「飯は」

「勇七と一緒にすませてきました」

「そうか。汗びっしょりだな。水浴びでもしてこい」

　文之介は庭に出て井戸に行き、水を浴びた。月からの白い光の筋が降り注ぐなか、水の冷たさが気持ちがいい。

　体をふいて、その場で着替えをすませた。

「文之介、ちょっと来い」

　上にあがると父に居間に呼ばれ、文之介は丈右衛門の前に正座した。

「わしが今日一日かけて調べたことを伝えよう」

「昨日も申しましたが、父上は隠居の身です。もうおやめください」

「しかし、さくらちゃんに頼まれたものだからなあ」

　しらっとした口調でのんびりという。この狸(たぬき)が、と文之介は思った。

「断ればいいでしょう」

「たやすくいうな」

丈右衛門は笑みをたたえている。せがれが見ても魅力のある笑顔なのだから、他人から見たら相当惹かれるものがあるはずだ。

「なにしろ信太郎の面倒を見てもらっているんだからな」

そうだった、と文之介は思った。

「なにか人質に取られたも同然なのではありませんか。取り返してきます」

文之介は立ちあがろうとした。

「大袈裟なことを申すな」

丈右衛門の言葉には有無をいわせぬ迫力がある。さっき小さく見えるなどと考えたのは、単に思いあがりにすぎないのを文之介は知った。

「しかし……」

「まあきけ」

これにも胸を圧してくるものがあり、文之介は黙ってきく姿勢を取った。

丈右衛門が、駒蔵の幼なじみの久八からきいたことを話した。

さすがだなあ、と文之介は舌を巻くしかない。今、丈右衛門はほとんど徒手空拳といっていい。十手を振りかざせる現役の同心とはちがう。

それなのにここまでしてのけるとは。

しかし、文之介の口から出たのは心とは別の言葉だった。

「父上、そのくらいのことでしたら、それがしも調べてきましたよ」

お美真の名はださずに、お美真からきいた話を語った。駒蔵と目配せをかわした不審な男の存在。

むろん、これ以上は詳しく話さない。出合茶屋のことも省いた。

「ほう、やるな」

丈右衛門は素直にたたえてくれた。そのことが文之介は妙にうれしかった。

「文之介、飲むか」

丈右衛門が杯をひねる仕草をした。

「おっ、いいですね。でも酒がありましたか」

「今日、買っておいた」

丈右衛門が立ち、台所のほうに行った。文之介も座ってなどいられず、台所で杯を捜した。それからたくあんを見つけ、切って皿に盛った。

文之介が居間に戻ったときには、丈右衛門は大徳利を畳の上に置いていた。

「どうぞ」

文之介は杯を差しだし、正座した。

「足を崩せ」

「よろしいのですか」

「かまわん」

文右衛門が酒を注いでくれた。文之介も注ぎ返した。

杯を掲げ合って飲んだ。

うまい。意外にいける。

「なんという酒です」

「知らん。小田島屋が勧めてくれた。それを買ってきたんだ」

近所の酒屋で、文之介もよく文右衛門の使いで買いに走ったものだ。

「そういえば、父上は若い頃、よくお飲みになりましたね」

「まあな。斗酒なお辞せずというほどではなかったが」

「どうしてあんなに飲まれたのです」

「どうしてかな。仕事のことはあまり関係なかったと思う。ただ好きだったんだ」

「そうですか。それがしも好きですね」

文之介は杯をあけた。

「母上は飲めたのですか」

「そんなには飲まなかった。たしなみで飲まなかっただけのことだが。本気で飲んだとしたら、どのくらい飲めたのかな。とすると、わしはまだあのおなごのことで知らなかったことがあったというわけか」

少し無念そうな表情だ。

「お知佳さんはどうなんです」

「そういえば、どうなのかな」

丈右衛門が頭をかしげる。

「ご存じないのですか」

「一緒に飲む機会など、持ったことはない」

丈右衛門が顔を向けてきた。大きいが端整なつくりだ。

俺は本当にこの顔に似ているのだろうか。

「おまえこそ、どうなんだ」

「どうなんだといわれますと」

「お春のことに決まっておろう」

文之介はつまった。

「その様子では、うまくいっているとはいいがたいようだな」

「いろいろとむずかしいのです」

「男女のことで、たやすいことなど一つもないさ」

「父上のように年を経ていても、ですか」

「歳は関係ない」

父上は、と文之介は思った。やはりお知佳さんとの歳の差を気にしているのだろうか。おそらくそうなのだろう。妾などでも、若ければ若いほどよいという者が多いなか、そのあたりは父らしかった。

文之介は酒をあおった。その勢いのまま口にする。

「父上とお知佳さんが一緒になれば、お勢ちゃんはそれがしの妹ということになりますね」

歳の差など吹き飛ばしてほしかった。

「妹がほしいのか」

「いえ、別に」

文之介はふと気づいた。といっても、子供の頃、何度も考えたことだ。

「父上、それがしにはどうして男兄弟がいないのです」

「そんなのは決まっておろう。できなかったからだ」

杯を畳に置いて、にやりと笑う。

「努力はしたぞ」

文之介はさらに酒を飲み、たくあんをつまんだ。

「父上、妾はどうだったのです」

「なにをいっている」

「薄給とはいえ、この組屋敷に持つ者はいた。今もいるな。同じ屋敷に住まわせているのがほとんどだが」

「ききたいのです」

その通りだ。正妻と妾が同じ屋根の下で暮らしているのだ。なかには三人もの妾を持つ者もいる。

「うらやましくはなかったのですか」

「別に。わしには一人いれば十分だった」

それは真実だろう。父は母に惚れていた。

「ということは、それがしに腹ちがいの兄弟はいないわけですね」

丈右衛門がくすっと笑う。

「当たり前だ」

九

湿気を重く含んだ風が揺れるように吹く。肌にじっとりと汗が浮いているが、この風では引いていくことはない。

夜が深い。ひたすら歩いた。

小田原提灯は途中まではつけていたが、今はもう折りたたんで懐のなかだ。

刻限は九つをすぎ、人けはない。

細い道に入る。やがて道がのぼりはじめた。途中に崖がある。

足をとめ、しばし眺めた。崖には丈の長い草がかたまって何ヶ所か生えており、風が吹きすぎると次々に辞儀をしてゆく。

風に冷たさを覚え、身震いした。風邪を引いたのだろうか。

酒でも飲んで寝ればすぐに治るだろう。足を踏みだした。

上にのぼると、風景がひらけた。風が強く吹き、木々の枝葉が激しく騒いだ。

一軒の家が建っている。ひっそりと暗闇のなかに沈んでいた。

しっかりと雨戸が閉じられ、灯は漏れていない。空き家のように見えないこともない。

足早に枝折戸を入り、庭から雨戸に向かって声をかける。

「おはや」

息を二つするほどの間があいた。音を近所にきかれるのを怖れるように、雨戸が静かに滑った。

「おまえさんかい」

おはやが顔をのぞかせ、確かめる目をする。枝折戸のほうへ目を走らせた。

「はやく入って」

上にあがる。おはやが雨戸を閉めた。

「大丈夫なの」

体をこちらに向けてきく。

「もちろんさ。からくりに気づいた者など、一人もいやしねえ。番所の連中もそうだし、むろん権埜助もだ」

「でも心配だわ」

居間に入る。酒の支度がしてある。畳の上にあぐらをかいた。

「心配なんかいらねえよ。うまく運んでいるんだ。この調子でいい。あとは番所の者が、いかに権埜助をとらえ、獄門にするかだ。一人も逃がさずにとらえてほしいな。――いや、ほしいでは駄目だ。一網打尽にしなければ」

「してくれるといいわね」

おはやが徳利を傾ける。杯で受けた。

「やってくれるさ。ここまで導いてやったんだから」

徳利を傾け、酒を飲んだ。

うまい。胃の腑にしみわたる感じがある。風邪など飛んでいきそうだ。

数杯飲み、杯を置いた。酒のせいで体があたたまり、汗が出てきた。

おはやが酒を注ごうとする。

「いや、もういい」

おはやが案じ顔をする。

「どうかしたの」

「いや、なんでもない」

腕をのばし、おはやを抱き寄せた。いいにおいがする。俺は、と思った。このにおいに惹かれたのか。

「熱いわ」

「ああ、暑いな」

「おまえさんよ」

おはやが額に手を当ててきた。

「熱がある。布団を敷くわ。きっと疲れもあるのよ。もうやすんだほうがいいわ」

そういわれるとだるさも感じている。これは酔いのせいだけではない。

おはやが手際よく敷いた布団に、横たわる。目を閉じると、ほっとした。暗闇に、うしろ頭がすっと吸いこまれる感じがある。

おはやが額に濡れた手ぬぐいを置いてくれた。ため息が出るほど気持ちいい。

「おはや」

「なんです」

「ありがとう」

おはやがほほえむ。

「俺はおまえと出会えて、本当に幸せだ」

「私もよ」

この家にはじめてやってきたときを思いだす。まだそんなに昔のことではない。ほんの三月ほど前のことにすぎない。

この家を見つけたのは、ほとんど偶然に近い。権埜助の隠れ家の一つである寺の境内にたたずみ、見晴らしのよい風景を楽しんでいたとき、下の小道を一人の男が歩いてきたのを見たのだ。

それまでに何度もこの寺には来ていたが、下の道がどこへ通じているかなど、考えたことはなかった。

男はこちらに気づかず下のほうへ去っていったが、身なりからして相当の商家の主人という風情だった。

ふつう、身代の大きな商家の主人ともなれば供がついていなければおかしいが、男はその手の者をつけていなかった。

これはどういうことか。女を囲っていて、そのことを店の者に秘密にしておきたい。そういうことなのではないか。

妾を籠絡できれば、押しこみの役に立つかもしれない。

小間物を背負いあげ、崖をまわりこんで下におり、小道をのぼっていった。

一軒の家があった。思った以上に立派な家が深い木々のあいだに建っていた。いかにも妾宅といった趣があった。

訪いを入れると、障子をあけて女が出てきた。

一目で惹かれた。

あとできいたが、おはやも同じだったという。運命の女についに出会えた、とはっきりさとった。

もともと運命など信じていなかった。

しかし、実際にそういうものがあるのを知った。商家に押し入るための手立て、という気持ちは芥子粒のように吹き飛んでいた。

おはやとはその日のうちに契った。

隠しごとなどできず、自分がどういう者かすべてを話した。こんなことははじめてだったが、不思議と不安はなかった。

おはやはすんなりと受け入れてくれたが、足を洗って、と涙を流して懇願した。

おはやの気持ちに応えるために、駒蔵は必死に策を考えた。

どうすれば駒蔵という男をこの世から消すことができるか、を。

第四章　麒麟と夜蟬

一

出合茶屋の磯山を張り続けたものの、駒蔵の仲間らしい者があらわれることはなく、なにごともないままに日はすぎていった。

文之介にはまた非番がめぐってきた。

このところずいぶん働いたような気がするので、この休みはありがたかった。

又兵衛には、しっかり疲れを取れよ、と厳しくいわれた。

仙太たちと遊ぶのも疲れを取る薬みたいなものだが、今日仙太たちは手習所が休みではないから、文之介を遊びに誘う気があるにしても、八つすぎにならないとやってこないだろう。

その前に文之介にはすべきことがあった。

五つすぎに布団から起きだし、朝餉をとった。丈右衛門はすでに出かけているのか、姿はない。またさくらと探索をしているのかもしれない。

困った親父だと思うが、丈右衛門の血をわかせるのはやはり探索なのだろう。隠居したといっても、根っからの定町廻り同心なのだ。

文之介はことさらゆっくりと朝餉を食べ終えた。たっぷり寝たせいで体はまだ眠ったままのような気がしたが、飯を食べたおかげで、全身が目覚めはじめた。

顔を洗い、歯磨きをした。

それから身なりをととのえて、屋敷の外に出た。

やや高くなりはじめた太陽の光を浴びて、人影が一つ、近づいてくる。

文之介は手をあげた。それに気づき、人影は早足になった。

「旦那、おはようございます」

「うん、おはよう」

勇七はにこにこしている。

「機嫌がよさそうだな」

「当たり前じゃないですか。旦那、はやく行きましょう」

「ああ」

「なんです、気のない返事ですねえ」

「そんなことねえよ」

「今から行かないなんて、駄々（だだ）こねないでくださいよ」

「そんな真似はしねえよ。一度約束したら、俺は必ず守る」

勇七がにっこりと笑う。

「そうでしたね。さあ、行きましょう」

文之介は勇七の背中を見て、歩きだした。

勇七は少しでもはやく着きたいらしく、急ぎ足だ。しかしこいつ、と文之介は思った。そんなにお克の顔が見たいのかね。

文之介には正直、気が知れない。これまで何度も思ったことだが、勇七はいい男なのだから、なにもお克でなくとも、と思うのだ。

「でも勇七、約束したわけじゃねえから、お克、いねえかもしれねえぞ」

「いなかったら、帰りを待っていればいいんですよ」

ほんとかよ、と文之介はげんなりした。勇七は本気でいっている。

それでも、文之介の脳裏にもお克のあの元気のなかった姿は刻みつけられている。どういうことなのか、知りたくはあった。

俺が行くことでお克が元気になるのなら、それはそれでよいではないかと思うのだ。

青山の前に着いた。巣を出入りする蟻（あり）のように、人々が入れ替わり立ち替わり暖簾を払う。

「すげえ繁盛ぶりだな」

「まったくですねえ」

勇七は感嘆している。

「旦那、入りますか」

勇七が暖簾を払い、文之介は続いた。

長細い土間が左右に広がり、そこが沓脱ぎになっている。あがり框があり、広々とした畳敷きの上で、奉公人たちが客に品物を見せている。

一人の若い奉公人が寄ってきた。勇七が用件を告げる。

「少々お待ちいただけますか」

さすがに物腰はやわらかで、よくしつけられている。

文之介と勇七は座敷にあげられた。涼しい風が木々の深い庭から入ってきていて、汗が引いてゆく。

「いい部屋だな」

勇七はきょろきょろと落ち着かなげにまわりを見渡している。

「その掛軸はお克さんですかね」

文之介は、床の間に下がっている掛軸に目をやった。遠ざかる数羽の鶴らしい鳥を見送る女のうしろ姿が描かれている。

どこをどう見てもお克には見えなかったが、いちいちいうのも面倒くさかった。

「そうかもしれねえな」

「旦那もそう思いますかい。ええ、まちがいなくそうですよ」

やがて衣擦れの音がし、閉じられている襖の前でとまった。

「文之介さま、勇七さん」

襖越しにお克の声がした。やはり元気は感じられない。

「入ってもよろしいですか」

「ああ、もちろんだ」

襖があき、お克が一礼して入ってきた。文之介たちの前に正座する。

「よくいらしてくださいました」

横で勇七が体をかたくしている。なにかいえよ、と文之介は思ったが、しきりに唾を飲みこんでいる様子で、声が出ないようだ。

「この前会ったとき、お克の顔色が悪いのが気になったんでな、それで来たんだ。少しやせたようだし」

また頬の肉が落ちている。以前のきれいさが戻りつつあった。

「なにがあったんだ」

文之介はわけを話すようにうながした。勇七が息をのんでお克を見つめている。

お克の顔には、どうしよう、という迷いの色が見て取れた。

無理強いしてもしようがないので、文之介は黙って待った。

お克はしばらくためらったあと、文之介の顔をうかがうように見た。

「縁談があるんです」

「縁談ですかい」

勇七が大声をだした。文之介は、耳がきーんと鳴った。こいつ。

勇七は呆然としてお克を見ている。

「受けるのか」

文之介は勇七の代わりにたずねた。まだ耳がじんじんしている。

「どうしようか、と考えているんです。正直いえば、断りたいんです。でも――」

お克は悲しげな目で文之介と勇七を見た。

「自分の気持ちだけでは決めることはできないんです」

文之介は先ほどの繁盛ぶりを思いだした。これだけの大店だ、お克の意志だけではいかんともしがたいのは事実だろう。

「両親はなんと」

「私に決めるようにいってくれています。でも、悪い話ではないので、受けてもらいたい、と思っているようです」

お克が上目づかいに文之介を見る。

文之介はぎくりとした。お克は、断ってくれ、と文之介にいってもらいたがっている。

それは勇七にもわかっているようで、しきりにちらちらと見てくる。

しかし、と文之介は思う。俺にそんな無責任なことをいえるはずがないではないか。

「お克、元気をだしてくれ」

文之介はそれだけをいって立ちあがった。勇七があっけにとられたように見る。

お克が目を落とした。今にも滝のように涙を流すのでは、と思えた。

「お克、ではな」

文之介は座敷を出た。廊下を歩く。少しおくれて勇七がついてきた。

雪駄を履き、暖簾を外に払って文之介は道を歩きだした。

「断るようにお克さんにいってください」

勇七が肩を並べていった。

「おめえがいえばいいだろう」

「あっしがいっても駄目なんですよ。お克さんは、旦那にいってもらいたがっているんです。そのことは旦那もわかったでしょう」

文之介は足をとめた。

「俺がいったからってどうなるってんだ。お克もいっていたが、あれだけの店になれば家と家の結びつきのほうが大事なんだ。大名みたいなものだ」

「そりゃわかりますけど、旦那にいってもらえたら、お克さん、喜びますよ」

「喜ばしたからって、どうにかなるものじゃねえ」

勇七の顔が険しくなる。

「旦那はまさか、このままお克さんが嫁に行ってしまえばいいって考えているんじゃないでしょうね」

なにをいっているんだ、こいつ。怒りが腹の底のほうで渦巻きはじめた。

「だったら、どうだっていうんだ」

突き放すようにいう。

「ああ、やっぱりそうなんですね。旦那は厄介払いができるって喜んでるんだ」

「なんだと」

怒りが一気に頭までこみあげてきた。

「てめえ、見損なうんじゃねえ」

勇七を手近の路地に引っぱりこんだ。拳を振るうと、がつと音がし、勇七の頬がさっと赤黒くなった。

ただ勇七の骨はかたく、文之介の手のほうが痛くなった。

文之介はさらに殴りつけようとしたが、いきなり腹に痛みがきた。

見ると、勇七の拳が腹にめりこんでいた。息がとまる。腰が落ちそうになった。

だがここでそんな真似をしたら、殴られっぱなしになる。文之介は息ができないままに、お返しの一発を見舞った。

勇七がうっとうなって、腰を折りかけた。すぐに右の拳を繰りだしてきた。

文之介はよけようとしたが、左の拳がまともにこめかみに入った。

頭を突き抜けるような痛みが襲い、文之介は一瞬、気が遠くなりそうになった。目の前に星がきらきらと散っている。

認めたくはないが、殴り合いでは勇七に一日の長がある。文之介は手をのばし、がしっと勇七に組みついた。

勇七も力をこめてきた。相撲のようにがっぷり四つになる。

文之介は力をこめて勇七を地面に転がそうとした。勇七が踏みとどまる。

文之介はそれを利用して足をかけた。勇七の体勢が崩れる。文之介はさらに投げを打ち、ついに勇七を倒れこませた。

勇七に馬乗りになり、顔を殴りつけた。

勇七はそのまま殴られ続けた。目を閉じて、あらがおうとしない。

あれ。文之介は手をとめた。

「勇七、どうした」

勇七は安らかな顔をしている。

「おい、死んじまったんじゃねえだろうな」

勇七がぱちりと目をあく。

「縁起でもないこと、いわないでください」

「おめえ、びっくりさせるんじゃねえ」

勇七がにっと笑った。

「旦那、重いですよ」

「ああ、悪い」

文之介は勇七の体からおりた。勇七が起きあがり、地面にあぐらをかいた。

「旦那、強くなりましたねえ」

「勇七も強えぞ」

「でも子供の頃、喧嘩になったら、あっしにはいつも勝てなかったじゃないですか」

「そうだったかな」

「そうですよ。でも旦那、今、本気で怒ったんですねえ」

「当たりめえだ」

「ということは、厄介払いだなんて、思ってないっていうことですものね」

「そういうことだ」

「すみません。お克さんのことで頭に血がのぼっちまって」

「まあ、いいよ。気にすんな」

文之介は勇七を立ちあがらせた。

「大丈夫か、痛くねえか」

「痛いですけど、大丈夫です」

少し血が出ている。文之介は勇七に手ふきを貸した。

「こんな汗だらけので、ふけっていうんですかい」

「毒消しになるだろう」

「唾はそうききますけど、汗がそうだなんてきいたことありませんよ」

それでも、勇七はうれしそうに手ふきをつかった。

「洗濯してお返ししますから」

「ああ、頼む。父上と二人だからな、洗濯もけっこうたいへんなんだ」

文之介は歩きだした。

「旦那、どこに行くんです」

「決まってるだろ」

さっき目にしたばかりの暖簾が太陽にあぶられている。

「勇七、おめえはここで待ってろ」

「へい」

文之介の意図を解し、勇七が笑顔になる。

ふうと息を一つついてから、文之介は青山の暖簾を払った。

二

「なにもなかったぜ」

磯山の張り番の引き継ぎの際、吾市がいった。

「一晩中張っていたが、この人相書の男は来なかった。おい、文之介。この男、本当に押しこみの仲間なのか」

「正直、わかりません」

「わからないのに、張らせているのか」

「それはそれがしが決めたことではありませんよ。いいたいことがあるのだったら、桑木さまにお願いします」

へっ、と吾市が口許（くちもと）をゆがめるような笑いを見せた。

「おめえも口が減らなくなってきやがったな」

吾市が砂吉を連れて料亭の座敷を出ていった。

文之介は勇七とともに畳の上に座りこみ、窓に顔を寄せた。

磯山の出入りがよく見える。朝ということもあるのか、出てゆく男女のほうが多いようだ。

「鹿戸さま、本当にちゃんとやっていたんですかねえ」

勇七が心配そうにいう。

「大丈夫だろ。いろいろしくじりは多いが、それなりに仕事はできる人だ」

「そうですかねえ」

「大丈夫だよ」

勇七が不承不承うなずく。

「ねえ、旦那。あのあと、どうなったんでしたっけ」

「なんの話だ」

「お克さんですよ」

「話しただろうが」

「いえ、忘れちまったもんで、またきかせてください」

「忘れただと。さっきもそういうから、話をしたばかりじゃねえか」

「本当に忘れちまったんですよ」

文之介はあきれて勇七を見た。こいつ、平気でこんなことというようになりやがった。いったい誰に似たんだ。

文之介は仕方なしに語りはじめた。

青山に戻って暖簾を払ったあと、また同じ座敷に通された。そこにお克がやってきた。さすがに不審そうな顔つきをしていた。

「どうかされたのですか」

お克にきかれ、腹を決めた文之介は思いきって口にした。

「お克、縁談は断ったほうがいいな」

「えっ」

お克の頬に、夕日が射しこんだように赤みが差した。

「いや、きっぱりと断ってくれ」

「はい、わかりました」

躍(おど)りあがりたいのを必死に抑えつけているような満面の笑みで、お克が元気よく答えた。

「――とまあ、こういうわけだ」

文之介は、陶然(とうぜん)と話をきいている勇七をにらみつけた。

「もう話さねえからな。忘れるなよ」

「わかってますよ」

滅多に浮かれることがないだけに、こんな勇七の相手をするのは実に疲れる。文之介は黙りこみ、窓の外に目を向けた。

勇七もまじめな顔に戻り、磯山の出入りに厳しい目を当てはじめた。

相変わらず人の出入りは多い。

江戸者ってのは、本当に好き者ばかりなんだな。文之介はそう思わざるを得ない。

ふと、昨日のお克の表情を思いだした。いきなり華やいだ顔になった。あれは女の顔だった。

くそっ。なんで俺がお克にあんなこと、いわなきゃいけねえんだ。しかし明らかに誤解された。

文之介は勇七をうらめしげに見た。

「なんです、その顔」

「なんでもねえよ」

「旦那、後悔しているんですかい。お克さんが元気になったんだから、いいじゃありませんか」

「そりゃおめえはいいよ。好きな女が嫁に行かずにすむんだから。俺はどうなるんだ」

「旦那」

勇七が呼ぶ。

「なんだ。人が話している最中に、言葉をはさむな」

「あの客」

勇七がそっと指をのばす。

「やつが来たのか」

文之介は身を乗りだした。

「いえ、ちがいます。あの男、見覚えありませんか」

勇七の指さすほうに文之介は目を凝らした。女を連れた男が道を近づいてくるところだ。

でっぷりとした体に埋めこまれたような細い目。

「この前、女と口喧嘩しながら磯山を出てきた男だな」

「磯山の常連なんじゃないですかね」

文之介はもう一度男を見た。

「考えられるな。常連なら、なかのことをいろいろ知っているかもしれねえ」

文之介たちは料亭を出て、男を呼びとめた。

「なんですかい」

いきなり町方役人に声をかけられたことに、男がびっくりしている。

あれ。文之介は目をみはった。この男、この前とちがう女、連れてるじゃねえか。しかもやはりきれいだ。

文之介は男女を出合茶屋から少し離れたところに連れてゆき、男に人相書を見せた。

「知りませんねえ」

男が肉のたっぷりとついた首を振る。顎もぶるんと揺れた。

着物は上質で、身なりもしっかりしているところからいいところの若旦那のように見えた。跡を継ぐ前に、今のうちにとばかりに遊びまわっているのかもしれない。

女のほうにも人相書を見せた。

「いえ、存じません」

「この人は、磯山さんによく来ているんですか」

男にきかれた。

「なじみかどうかはわからん」

「さようですか」

男がしばらく考える。

「磯山さんのお客のことだったら、お理絵さんにきいたらわかりますよ。ずっと働いている古株の女中さんですから」

「女中か」

また話をきいたところで、口がかたいばかりではないのか。しかし名が出た以上、当たらないわけにはいかない。

「そういえば、ここしばらく見ないですねえ。やはり歳のようで、腰を痛めて休みをもらっているみたいですよ」

古手の女中なのか、と文之介は思った。

「住みかを知っているか」

「申しわけございません」

「そうか」

「でもお役人。どの町に住んでいるかは知っていますよ。前にちらっときいたこと、あるんで」

町の名を脳裏に刻みこんで、文之介たちは急ぎ足で歩きだした。

「旦那、磯山のほうは張らずにいいんですかい」

「いいだろう。もし俺たちがいねえあいだにこの人相書の男が来ちまったら、運がなかったっていうことだ。そういうことなら、この事件は解決しねえかもしれねえな」

「その逆で、お理絵さんからいい話をきければ――」

「そういうこった」

横川沿いを南にくだり、中之郷横川町に着く。横川をはさんで、田んぼが見えている。緑の稲がさわさわと風に吹かれている。

「しかし勇七、さっきみたいな男にどうしていい女がつくんだ。まったく腹が立つぜ」

「確かにいい男とはいえなかったですねえ。でも、男としての魅力があるんでしょう」

「俺には魅力、ねえのかな」

「ありますよ。旦那は魅力たっぷりじゃないですか」

「そうかな」

文之介は満更ではなく、顎のあたりをなでまわした。

勇七がうつむく。

「まったく毎回毎回、何度繰り返せばいいんだよ」

「なんだ、勇七、なにかいったか。繰り返せば、ってきこえたんだが」

「いや、張りこみのことですよ。何度も何度ももう張りこんでいるじゃないですか。これから何度繰り返せばいいのかなあ、って思ったんです」

「張りこみも仕事の一つだぞ。勇七、これからもずっと続くのさ」

「まあ、そうですねえ」

文之介たちは中之郷横川町の自身番に入った。町役人の案内で、お理絵の長屋に向かう。

「こちらです」

町役人が指を差す。路地はどぶくさく、建物自体、何年前にたったのかわからないような古ぼけた裏店だ。

「お理絵さん、いるかい」

町役人が障子戸を叩く。

「どちらさまですか」

しわがれた声がきこえた。

「ああ、よかった。生きてましたよ」

町役人が笑う。

文之介は笑えなかった。体の半分以上が棺桶に入ってしまったかのような弱々しさが、今の声にあったからだ。

「あけるよ。いいかい」

町役人が確かめる。

「……どうぞ」

障子戸があき、町役人が土間に入る。ちょっと顔をしかめた。

気持ちは文之介にもわかった。なにか妙にくさいのだ。

「お役人、ここまででよろしいですか」

「ありがとう。造作をかけた」

「では、これで失礼します」

文之介は小さな式台に腰かけた。勇七が土間に立つ。

四畳半だけの店だ。家財はあまりない。お理絵は布団にくるまっているが、なんとか起きあがろうとしていた。

「いいよ、腰を痛めているんだろう」

お理絵の動きがとまる。

「どうして腰のことをご存じなんです」

「ちょっと耳にしたんだ」

「そうですか」

お理絵が真っ白な頭を下げる。もはや老女といっていい。

「腰はいけないのか」

「駄目ですねえ。按摩さんに来てもらっているんですけど、一向に治りません。奉公先を休んでもう十日ですよ」

「そいつは長いな」

「これでもよくなったほうなんです。でも、このままだと奉公先をやめなければいけないかもしれません。もう三十年近く働いたから、十分といえば十分なんですけど」

まだお理絵は働きたがっているようだ。

「お役人、今日はなにか」

「ああ、そうだった」

文之介は懐から人相書をだし、すり切れた畳を膝で歩いてお理絵に手渡した。

「この男、見覚えないか」

お理絵が寝たまま人相書を見る。

「この人なら知ってますよ」

軽い口調でいう。

「本当か」

「本当ですよ。最近は来ないんですけれど、前はよく。お酒を頼まれるんで、部屋に持っていってたんですよ」

「名は」

「いえ、そこまでは存じません」

「それなら、この男について知っている限りのことを話してくれんか」

お理絵が男についての説明をはじめた。

「私がお酒を持って部屋に入ってゆくと、この男の人はいつも下帯だけの裸でいるんです。背中に目立つ彫り物をしています」

「どんな彫り物だい」

「あれはなんていうんでしょうねえ。見たことのあるようなないような獣なんですけ勇七を見た。

ど」

「獣か」

なんだろう。文之介は勇七を見た。

「龍とか」

勇七がいう。

「龍なら私もわかります。前は私もあの獣の名を知っていたんですけど、忘れちゃったんですよねえ。歳は取りたくないものですねえ」

情けなさそうに顔を伏せる。

「象かな」

文之介はきいた。八代将軍吉宗の時代というからもう百年以上も昔、長崎から江戸に歩いてやってきたときいたことがある。

「象の絵なら、私も見たことがあります」

お理絵が文之介を見つめてきた。

「すみません、お役人。起こしていただけませんか」

「いいのか」

「はい、大丈夫ですから」

文之介は畳にあがり、お理絵を起きあがらせた。藁のように軽かった。

「ありがとうございます」

お理絵は少し息をついている。

「そこの引出しに矢立と紙があります。取っていただけませんか」

隅の小箪笥(こだんす)を指さす。

引出しを探り、文之介は手渡した。

お理絵は矢立から筆を取りだし、たっぷりと墨をつけてから、すらすらと紙に描きはじめた。

「こんな感じでしたよ」

すぐにできあがった。

「うまいな。絵心があるんだな」

本当に巧みな絵だ。

「手習所に通っている頃から得意だったんです。これで生計が立てられたら一番よかったんですけどねえ。おとっつあんも得意で、だから私の名にも絵が入っているんですよ」

「そういうことか」

文之介はお理絵の絵をじっくりと見た。

「麒麟(きりん)だな」

「ああ、そうです。麒麟です」

うつつの獣ではない。文之介の知っているところでは、体は鹿、尾は牛、ひづめは馬、額は狼といわれている。頭には角がある。聖人が王道を行うと、この世にあらわれ出でると耳にしたことがある。

「この絵、もらっていいか」

「もちろんですよ」

「横になるか」

「はい、お願いします」

文之介はお理絵を布団に寝かせた。

「腰、大事にな」

「はい、ありがとうございます」

文之介は勇七をうながして店を出た。

長屋の木戸を出てすぐに勇七がいった。

「旦那、次は彫り師ですね」

そんなに来なくなったとはいえ、人相書の男が磯山を頻繁に利用していたのなら、このあたりからさほど遠くない場所に住んでいるはずだ。彫り師も近くに住んでいるだろう。

「中之郷原庭町のほうに行ってみるか」

「駒蔵が落ちた崖があるところですね」

文之介は人相書を目の前に掲げた。

「このあたりにこいつは住んでいるのかもしれねえ。彫り師を捜しだす前に、こいつを先に見つけちまうかもしれねえな」

実際にはそんなことはなく、何人かの彫り師を当たってゆくうち、出羽松山で二万五千石を食む酒井家の抱屋敷をはさんで中之郷原庭町と隣り合っている中之郷元町で、一人の彫り師を見つけた。

文之介は、お理絵が描いてくれた麒麟の絵をその彫り師に見せた。もっと歳がいっているのかと思ったが、意外に若い男で、どうやら彫り師として相当の才があるようだ。

「ええ、麒麟なら彫ったこと、ありますよ」

あっさりと認めた。今、彫り師のところに客はおらず、文机の上に紙が置いてあり、そばに行灯が灯されていることから、なにか絵柄の工夫でもしていたらしかった。

あがり框に腰をおろした文之介は人相書を取りだした。

「その彫り物をしたのは、こいつだな」

彫り師が人相書に目を落とす。

「そうです」

やった、と文之介は心が躍った。土間に立つ勇七も目を輝かせている。

彫り師が人相書と麒麟の絵を返してきた。

「この男、名はなんという」

わずかにためらいを見せた。

「……嘉三郎さんです」

彫り師がやや暗い瞳を向けてきた。

「嘉三郎さん、なにかしたんですか」

「まあな。おめえ、この男が裏で悪さをしていること、知っているんじゃねえのか」

「まさか」

「嘉三郎がどこに住んでいるか、知っているのか」

「いいたくないようなので詳しい場所は知りませんが、どの町に住みかがあるのかは存じてますよ。彫り物というのは、一度では終わりません。何度も足を運んでもらいますんで、なんとなくそんな話になるんです」

「教えてくれ」

彫り師が再びためらいの表情を見せた。

「あっしが話したこと、誰にも漏らさないでくださいね」

この男はやはり嘉三郎が悪事に加担していることを知っている。あるいは、押しこみの一人であることも知っているのかもしれない。

文之介は深くうなずいた。

「そいつは約束する」

三

「今日はどちらに行くんですか」

信太郎を背負ったさくらがきく。

「どこにしようか」

丈右衛門は迷っている。

「おそらく、文之介はもう下手人にだいぶ近づいていると思うんだが」

「えっ、そうなんですか」

「わしの勘だがな」

さくらが見つめる。

「勘、よさそうですよね」

丈右衛門はにっと笑った。

「どうかな」

「もし文之介さまが下手人の捕縛（ほばく）に向かうとしたら、丈右衛門さま、助太刀をなさるんですか」

丈右衛門は微笑し、首を振った。

「それはないな。わしはもう隠居だ。出向いたところで、足手まといになるだけだ」

「ご謙遜ですね」

「そんなことはない。それに、隠居がしゃしゃり出てもいやがられるだけだ」

「そうなのですか」

さくらは不満そうだ。

「これまで丈右衛門さまがしてこられた探索も、皆さんは迷惑と考えているのですか」

「全員ではなかろうが、そういう者もいような。年寄りは黙っておれ、というところか」

「丈右衛門さまは、年寄りなどではありません」

そういってからさくらはしばらく下を向き、なにかを考えていた。

「でしたら、事件のこととは関係なく、町に出てみませんか」

なんだこれは、と丈右衛門は戸惑った。どういう風の吹きまわしだろう。

しかし、この娘と一緒に歩くのも悪くなかった。一緒にいて、心弾むものがあるのは事実だ。

といっても、丈右衛門の気持ちがお知佳から離れることは決してない。

「よかろう。どこに行く」

「にぎやかなところがいいですね」

「浅草か」

「ああ、いいですね」

さくらの瞳が光を帯びる。新しいおもちゃを買い与えてもらった子供のような目の光だ。

こういうところは素直でとてもいい。こちらもうれしくなってしまう。

そういえば丈右衛門自身、浅草にはずいぶん行っていない。最後に行ったのがいつだったか、思いだせない。

「では、まいろうか」

二人は歩きだした。

八丁堀からなら、信太郎を背負うさくらを連れているとはいえ、一刻も見れば十分だろう。

暑いが、渡ってゆく風は今日は幾分か涼しい。木陰を選んで歩いてゆけば、そんなに暑さは感じない。

「楽しいな」

歩きながらさくらがつぶやいた。生き生きとした目がとらえているのは、道を行きかう人たちのようだ。

荷を担いでいる行商人や届け物があるらしい商人、荷車を曳く人足など働いている者が多いが、なかには散策らしい隠居然とした夫婦者や、この春にでも江戸に出てきた勤番侍らしい者の姿も目につく。

そういう者たちは、のんびりと歩を進めている。向かう方向が丈右衛門たちと同じなので、目的地は浅草なのかもしれない。

路地からいきなり子供が飛びだしてきた。

「おっと、危ない」

丈右衛門はさりげなくさくらの盾になって、子供がぶつからないようにした。

子供は勢いを減ずることなく、あっという間に駆け去ってゆく。

「元気がいいな」

見送って丈右衛門はいった。

「ありがとうございました」

さくらが感謝の眼差しを向けている。

「いや、なんでもない」

さらに歩いた。

道の脇でめそめそしている男の子がいた。五、六歳といったところか。

その姿は、子供の頃の文之介を思い起こさせた。どうした、と丈右衛門が声をかけるより前にさくらが歩み寄っていた。腰を曲げ、子供と同じ高さになる。

「どうしたの」

子供は顔をあげてさくらを見たが、なにもいわない。

「なにがそんなに悲しいの。私も悲しいときが一杯あって、たくさん泣いたわ。涙を流すと不思議に悲しみが薄れてくるのよね。知ってた」

顔に手を当てて男の子はしくしくしている。

「でもね、もっと悲しみが薄れる手立てがあるの。教えてあげましょうか」

男の子がちらりとさくらを見た。

「それはね、人に話すことなのよ。ねえ、お姉ちゃんにどうして泣いているのか話してみない」

男の子は涙目でさくらを見ている。

「さあ、話して」

うん、と男の子がいった。

さくらがききだしたことによると、男の子は母親を病で失ったばかりで、そのことで友達にいじめられたらしい。

いじめられて誰かに慰めてもらいたかったところに、さくらがあらわれたということのようだ。

「ねえ、あなた、なんていう名なの」

男の子が答える。

「新七（しんしち）ちゃん、おっかさんのこと、好きだった」

「うん、大好きだった。会いたい」

「そうでしょうね。でもよくいうでしょ。死んでもいつも近くにいるって」

「いないよ。だって見えないもの」

「そうね。でも、あの世とこの世は重なっているともいうの。おっかさんは私たちの見えない世にいるけど、おっかさん、あなたのこと、すぐそばで見守っているのよ」

新七は、さくらの言葉にじっとききいっている。

「おっかさん、自分のことでいじめられてめそめそしているあなたを今も見ているのよ。きっと悲しんでいるわ」

「おっかさん、本当にそばにいるの」

「いるわ」

さくらは静かに語りかけた。

「あなただって、一人でいるときなんか、ふと、おっかさんの気配、感じることあるでしょう」

　あっ、という顔つきになった。

「うん、ほんとそうなんだよ。風邪を引いて寝ているとき、額をなでられた気がしたことがあって、それがおっかさんがなでてくれたときと同じでびっくりしたことがある」

「そういうものよ」

　さくらはにっこりと笑った。

「もし次にいじめられたら、殴り返してやりなさい」

「うん、わかったよ。ありがとう、お姉ちゃん」

　さくらが丈右衛門のもとに戻ってきた。

「たいしたものだな」

「いえ、全然」

　その後、浅草に行って飯を食い、茶を飲んだ。現役の頃は詣でることのできなかった浅草寺などもめぐった。

　相変わらずの人波で、人に酔いそうな気分にすらなったが、丈右衛門は久しぶりの浅草を満喫した。

　しかしいいのかな、とも思った。今頃文之介は奮闘、奔走しているのだろう。そういうせがれを尻目に、若い娘と一緒に浅草を楽しむというのは。

まあ、いいのだろう。わしは隠居だ。

さくらのほうは信太郎を背に、やけにはしゃいでいる。全身で楽しさをあらわしていた。

あっという間に日暮れが近づいてきた。

「帰ろう」

丈右衛門はさくらを家まで送っていった。

家の前で向き合った。すっかり夜のとばりがおりてきている。

「楽しかったよ」

おそらくこれが一緒に出歩く最後と思えば、どこか名残惜しいものもある。

「信太郎は、まだ預かってもらえるのか」

「はい、おまかせください」

「そうか、助かる」

さくらがじっと見ている。その眼差しの強さを丈右衛門は受けとめかねた。

「私、文之介さまのことはやめました」

いきなりいった。

丈右衛門はびっくりした。さくらがこういい放ったので、もっとびっくりした。

「私、丈右衛門さまに惚れました」

四

麒麟の彫り物を背中にしょっている男は、嘉三郎。本名かどうかわからないが、とにかくその所在はつかんだ。

嘉三郎は本所松倉町の一軒家に住んでいた。彫り師のいる中之郷元町から、ほぼ南へ四町ほど行ったところだ。

この男も駒蔵同様、小間物売りをしている。

ということは、と文之介は思った。嘉三郎も商家の女たちをたぶらかすのが仕事なのかもしれない。

嘉三郎の家の向かいは、ある商家の隠宅だ。文之介たちはその商家に、嘉三郎の家を見張る場所としてつかわせてもらっている。

嘉三郎は色男だ。なじみの女がいて、よく家に出入りしている。

「勇七、あの女もだまされているのかな」

「かもしれませんねえ」

どこにでもいそうな町娘だ。女房よろしく、かいがいしく嘉三郎の世話を焼いている雰囲気がある。

ただ、泊まっていきはしない。夕暮れ間際には嘉三郎の家を離れ、家に戻っているという。

どこにでもいそうな町娘、というのは本当にその通りらしく、娘は家族五人で裏店に住まっているようだ。名はお祥。

嘉三郎は小間物の入った荷物を担ぎあげ、毎日朝はやくから行商に出ている。偽りの商売のはずなのに、本職以上に熱心とのことだ。

もっとも、相手をだますのは本職になりきらなければ意味がない。そのことを、嘉三郎は熟知しているのだろう。

顔を覚えられるのが怖いので、文之介たちは嘉三郎のあとをつけることはしない。尾行は奉行所の小者たちの仕事だ。

嘉三郎を張りはじめて、四日目のことだった。お祥以外に会っている女がいるのが判明した。

会うのは出合茶屋だ。磯山でない別の出合茶屋とのことだ。

女のほうを調べてみると、大店の娘であるのが判明した。三人姉妹の二番目で、お葉美という名だ。

店は本所相生町一丁目にある酒問屋だ。和方屋といって、二十名近い奉公人をつかっているとのことだ。

次はこの店を狙っているのではないか。駒蔵がしていた役割を嘉三郎が今は担っているのだ。

駒蔵が殺されたのは、お払い箱になったからなのかもしれない。派手にやりすぎて、奉行所の者に顔を覚えられたと、押しこみの頭あたりが判断したのかもしれない。

とにかく、和方屋が押しこみどもの次の狙いであるのは明らかだ。

和方屋を襲って大金を手にしたら、また二年以上、消息を消すつもりでいるのだろう。

そんな真似をさせるか。きっと逃がしゃしねえぞ。

文之介は決意をかためた。

お葉美という娘は、嘉三郎にぞっこんのようだ。

嘉三郎もお葉美に会うと、心からやさしくしているように見えるという。

「押しこむのは近いかもしれんな」

文之介は勇七にいった。

「あっしもそう思います」

前の押しこみから、じき二年がたとうとしている。もしや同じ日にやるのかもしれない。

文之介たちは嘉三郎を張り続けた。

その三日のあいだにやってきたのは、お祥だけだ。仲間らしい者は一人としてやってこない。

文之介と勇七が嘉三郎の家を張りはじめて、十日目のことだ。

行商に出た嘉三郎がいつもよりはやめに、家に帰ってきた。日の暮れる直前に帰ってくるのが常だったが、今日は日が落ちる半刻ほど前に戻ってきた。

「なにかあるのかな」

「そうなんでしょうね」

嘉三郎をつけていた小者が文之介たちのところに来た。小者は毎日毎日ちがう者が嘉三郎のあとをつけている。

小者が低い声で語りだす。

「今日、あの男、途中で子供と話をしていたんです。なにか文らしい物を受け取っていました」

「つなぎかな。子供はどうした」

「はい、あっしたちは二人でつけていたのでもう一人が話をききました。若い男に駄賃をもらって、文を手渡すように頼まれた、とのことです」

暮れ六つ前に嘉三郎の家に男がやってきた。若いが、どこかすさんだ感じがある。

「仲間だな」

その男は四半刻ほど嘉三郎の家にいただけで、出てきた。

すかさず小者があとをつけようとした。

「やめておけ」

文之介はとめた。

「今、出ていったやつは相当警戒しているはずだ。つけているのを気づかれる怖れが強い」

「さようですか」

「やつは計らいに来ただけだ。ここでもし気づかれたら、今までの苦労が水の泡になっちまう」

それからは、昼間に嘉三郎のあとをつけさせるのもやめた。もう標的がどこかわかっている以上、それも意味はない。

今はただ、嘉三郎たちの企みに奉行所は気づいていないと思わせる必要があった。

嘉三郎が妙な動きを見せたのは、若い男がつなぎに来てから四日後のことだった。

夜陰、どこかに飲みに行くような身なりをして、嘉三郎が家を出た。こんなことは、これまででははじめてだった。

「今夜かな」

いきなりあの格好で押しこむわけがないから、どこかで着替えをするはずだ。その手の風呂敷包みのようなものは持っておらず、おそらくいったん頭の家にでも集まり、そこから闇の底を這うように和方屋に向かうのではないか。

ここでも文之介たちはあとをつけなかった。どうせ嘉三郎が最後に姿をあらわすのは、和方屋だ。そこで待ち構えていればいい。

「あっしらのことをすべて知っていて、裏をかくなんてことはないんでしょうねえ」

勇七が案じ顔でいう。

「そこまでされたら、あいつらのことを俺は尊敬しちまうな」

文之介には、やつらの標的は和方屋だ、という確信がある。根をどっしりと張ったように、その確信には揺らぎがない。

文之介は勇七とともに隠宅を出て、和方屋のほうに向かった。

「おう、来たか」

和方屋から二町以上も離れた空き家に又兵衛はいて、そこで指揮をとっているときいている。

文之介たちが行くと、よく来た、と出迎えてくれた。又兵衛は陣笠をかぶり、陣羽織に野袴という格好をしている。それなりに凛々しく見えた。

「やつら、まだ来ませんね」

「まだ刻限がはやいからな。来るのは、店の者が寝静まる九つすぎではないかな」

今はまだ五つ半くらいだ。押しこみどもは隠れ家で段取りのおさらいをしているのではないか。それとも、夜を待ってじっと目を光らせているのだろうか。

「店の者に、狙われていることを知らせてあるのですか」

又兵衛はかぶりを振った。

「教えたほうがいいとは思うが、不自然な動きをされて賊どもに知られるのが怖い。それになにより、奉公人に内通者がいないとも限らぬ」

同感だ。このあたりの又兵衛の判断はさすがだと思う。

「文之介、勇七、おまえたちも着替えろ」

空き家のなかに捕物用の衣服が用意してあった。

文之介は鎖帷子を着て股引をはき、半切れ胴衣をつけた。紺色の足袋で足を包み、草鞋を履く。

胴締、襷、鉢巻はいずれも白だ。これなら夜でも目立つ。

「旦那、格好いいですよ」

勇七が笑っている。

「馬子にも衣装ってやつだな」

やるだけのことはやって、あとはとらえるだけだ。文之介たちには余裕がある。

和方屋の裏手の路地に移ってから、すでに一刻半はたった。

この路地は行きどまりになっていて、反対側から賊どもがやってくることはまずない。和方屋を張るには都合のいい場所だ。

この路地には、文之介たちを入れて六名の人数がまわってきている。和方屋を取り囲むように配置されている人数は、全部で三十名を超える。

刻限はすでに九つをまわっている。まだ押しこみどもは来ない。

やはりちがったのか。俺たちの動きはすべて知られていて、やつらは和方屋が標的だと見せかけたにすぎないのか。

今頃ほかの店が襲われているのではないか、と思ったら、文之介はここでじっとしているのが大きなまちがいを犯しているような気分になった。

先ほどまでの余裕など、どこかに消し飛んでいる。

それか、和方屋を包囲している捕り手たちの物々しい気配に気づき、取りやめたのかもしれない。

そのほうが考えやすい。一度襲ってから二年ものときを平気で置ける連中だ。恐ろしいほどの用心深さといっていい。

その連中の勘に、これだけの捕り手の気配が引っかからないほうがおかしいような気がする。

いや、そんなことがあるものか。文之介は自らにいいきかせた。

やつらはきっと来る。今はまだときをはかっているだけだ。

どこからか八つの鐘の音がきこえてきた。夜の静けさに入りまじるように、大気にそっと音が吸いこまれてゆく。

いい音だなあ、と文之介は感心し、夜空を見あげた。月はない。そうか、今夜はそういう日なのか。

むっ。文之介はなにかの気配をとらえた。右手をあげ、うしろにいる勇七たちにじっとしていろ、と伝えた。

文之介は息を殺し、路地の先の道に眼差しを注ぎ続けた。

やがて、目の前の壁がじわりと動いた。

文之介は目を凝らしすぎないように見た。あまり注目しすぎると、まちがいなく眼差しをさとられる。

壁が動いたように見えたのは、全身黒ずくめの者たちが和方屋の前にあらわれたからだ。

来やがった。文之介は身震いを抑えた。

おそらく娘が手引きするのだろう。どういう手口を取るのか知らないが、今日、忍んでゆくから、くらいは嘉三郎が伝えてあるのかもしれない。

やつらを裏口から店に入らせ、そこで一気にとらえる、というのが又兵衛の筋書きだ。

嘉三郎らしい男が前に出て、裏口の戸を叩いた。ほんのしばらく間を置いて、嘉三郎さん、という女の声がきこえた。やはりな、と文之介は思った。

本当に裏口の戸があいた。

えっ。娘が驚いた声がした。どす、とこもった音が続く。

まさか殺したわけじゃあるめえな。

文之介の背中に冷や汗が流れた。

又兵衛の読みでは、娘は金蔵の錠をあけさせるための人質にするのでは、ということだった。

文之介もそうするとは思うが、今のが匕首が突き立った音ではなく、拳で気絶させた音と信じたかった。

全部で五名の男たちが裏口に消えた。静かに戸が閉まる。

十数えるほどの間を置いて、文之介たちは路地を出た。

裏口のところに四名の小者を置いた。いずれも刺又(さすまた)や突棒(つくぼう)を手にしている。

「やつらが出てきたら、決して通すな」

小声で命じてから、文之介は十手を取りだし、裏口の戸を押した。

あっけなくひらく。

文之介は振り返り、勇七にうなずきかけた。行くぞ。勇七がうなずき返す。瞳に覚悟がある。

心の臓がどきどきしている。戸をくぐる。文之介たちは庭に出た。

娘が横たわっているのに気づいた。息をしている。ほっとした。

木々が吐きだす香りに満ちている。大気がさわやかで冷涼だ。

男たちが母屋の濡縁にあがろうとしているところだった。

待て。文之介が声をかけようとしたとき、表のほうからどどどという足音がきこえた。

なんだ。

母屋をまわりこんでやってきたのは、文之介と同じ格好をしている捕り手だ。同心だ。

まさか。文之介は見つめた。

「鹿戸さん」

うしろに砂吉がいる。

「どうしてこっちに来たんだ」

勇七も目をみはっている。

吾市の持ち場は表だ。十手を振りかざしている。

濡縁の賊どもはすでに態勢をととのえて、吾市を待ち構えていた。いずれも、匕首か脇差を手にしている。

まずい。文之介は走りだした。

「てめえら、御用だ。神妙にしやがれ」

怒号を発して吾市が突っこむ。

脇差が一閃する。吾市は十手で弾いたが、あっけなく体勢を崩した。

そこに脇差での袈裟斬りが見舞われた。

間に合うか。文之介は十手を思いきり前に突きだした。

がきん、と手応えがあり、なんとか吾市を救えたのがわかった。

吾市はその隙に、脇差の間合の外に逃れ出た。あわあわという声がきこえ、視野の端に地をかくように這いずってゆく姿が見えた。

これで鹿戸さんは大丈夫だ。文之介は十手を構えて賊どもと対峙した。

五名が気合をかけることなくいきなり襲いかかってきた。匕首と脇差が闇に光る。

最初の攻撃を庭に出ることで文之介は避けた。しかしそれが賊どもの狙いだったようで、軍記物で読む忍びのように文之介の周囲をまわりはじめた。

なんだ、こいつら。文之介は目を大きく見ひらいた。もとは忍びなのか。

しかし、この太平の世に忍びなどいるものなのか。

輪のなかから匕首が突きだされ、脇差が振られる。

文之介は十手でかわし続けた。

だがすべてをかわしきれるはずはなく、何度か刃が届いたが、鎖帷子のおかげで傷はできていないはずだ。ただし、刃が当たった瞬間のかすかな痛みに動揺が走る。

やられてたまるか。

文之介はおのれを叱咤しつつ、十手を構え続けた。

厄介なのは背後からの攻撃だ。気配を感じ、よけたと思っても、意外に匕首がのび、鎖帷子の隙間に刃が入る感じがある。

しかし、ここでうろたえてもはじまらない。文之介はどっしりと構えるしかないのはわかっていた。あらゆるところから攻撃がくるが、これは仙太たちと同じようなものだ、と思うことにした。

勇七が苦戦を余儀なくされている文之介を救おうとして、捕縄を投げようとしているのが目に入る。

「勇七、よせ」

文之介は叫んだ。捕縄を投げることで、こいつらの一人か二人が勇七のところに向かいかねない。

勇七は捕縄は得意だが、剣のほうはからきしだ。殺されてしまうかもしれない。

それだったら、ここで自分が五名を引きつけておいたほうがいい。俺がこんなやつらに殺されるはずがない。

文之介は突きだされた匕首を十手で弾き返してから、腰の長脇差を引き抜いた。

すっと正眼(せいがん)に構える。やはりこのほうがしっくりくる。

文之介は長脇差を構えたことで、体に力を注ぎ入れられたような気持ちになった。

決して負けねえ。

文之介は振られた脇差を打ち返した。その男の体が一瞬、揺れた。

そこを文之介は見逃さず、一気に踏みこんだ。男の胴に長脇差を見舞う。

どうせ刃引(はび)きだ。どんなに力を入れても切れることはない。あばらの一本や二本は折れるかもしれないが、それは押しこみという大罪の代償でしかない。

しかし男はよけた。

ちっ。味な真似を。

だが文之介に逃がす気はなかった。男を追いこめば、賊どもの輪が崩れる。

文之介は男を間合に入れるや、袈裟に長脇差を落としていった。

男はこれもよけた。見切られた感じはなかったが、勘だけで避けられた。

背後に気配。文之介は振り向きざま、胴に長脇差を払った。

これもかわされた。かなりの遣い手ぞろいだ。本当に忍びなのかもしれない。

だが忍びなら、手裏剣(しゅりけん)くらいつかってもよさそうだ。それに毒。

忍びは矢や剣尖に毒をしこんでおくというが、文之介はしびれなどは感じていない。

また囲まれた。

輪から匕首や脇差が繰りだされる。

文之介は再び防ぐのに手一杯になった。やはり五人をいっぺんに相手にするのはきつい。

捕り手たちはどうしているのか。

そばにずらりと居並んでいるが、気圧（けお）されたようにその場に立ち尽くしている。

勇七だけがお預けを食わされた犬のように、今にも飛びだしそうな顔をしている。うなり声がきこえてきそうな顔つきだ。

文之介は笑ってしまった。力が抜けた。

気づいたときには眼前に光が迫っていた。文之介は長脇差を振りあげた。

間に合わないか、と思ったが、鍔（つば）に脇差が当たり、脇差は横に弾かれた。

その拍子に脇差の男の足が少し滑った。文之介は肩先に長脇差を叩きつけようとした。

だがこれも横に飛ぶことでかわされた。

しかし、この動きを文之介は計算していた。一人を追いつめれば、必ず背後から誰かが助けに来る。

文之介は気配を感じないままに、背後に向かって長脇差をまわした。

どす、という手応えがあった。

振り向くと、脇腹に手を当て、黒覆面の口のあたりをゆがめている者がいた。

文之介はとどめを刺そうという動きを見せた。長脇差を掲げる。

その男には振りおろさず、体をまわして長脇差を振り抜いた。

また手応えがあった。一人の男が痛みに耐えかねて地面に崩れ落ちるところだった。

今度は左肩に入ったらしく、右手で押さえている。肩の骨が折れたかもしれない。

残りは三人。文之介は賊どもに向き直った。

逃げるかと思ったが、賊たちはひるまず跳躍してきた。

しかし跳んだのは一人だけで、あとの二人はそのまま突進してきた。

げっ、まずい。文之介はどうすべきか迷った。迷いが命取りになるのはわかっていたが、対処の仕方がわからなかった。

頭上の男に長脇差を向けたら、二方向から突っこんでくる賊に匕首で腹を貫かれる。かといって突っこんでくる二人に長脇差を向けたら、上からの攻撃にまともにさらされる。

一瞬でそんなことを考えた文之介はうしろに下がりかけた。

頭上から脇差が振りおろされた。

どうしてか、その男が宙で体勢を崩した。矢に射抜かれた鳥のように体をよじる。脇差は的はずれの場所で空を切り、男は地面に肩から落ちた。

文之介はわけがわからないままに、目の前に迫っていた二人に長脇差を振った。

こうして策が破れた状態で前から来てくれるのだったら、ありがたいことこの上ない。

一人の匕首を上から叩いて取り落とさせ、さらにもう一人の匕首を上にはねあげておいてから、胴に長脇差を叩きこむ。

そのつもりだったが、またも男はよけた。

こいつは、と文之介は思った。嘉三郎だ。目つきがそうだ。

文之介は、匕首を取り落とした男がもう一度拾おうとしているのを見た。そうはさせじと丸見えの背中に長脇差を打ちこんだ。

本気でやると死なせてしまうかもしれず、そのあたりは加減したが、手応えは腕がしびれるほどのものだった。男は背筋をそらして昏倒した。

宙を飛んだ者もよろけつつも立ちあがったばかりだ。走りだそうとする。

これも文之介は打ち伏せた。

文之介が嘉三郎に再び目をやったときには、嘉三郎は捕り手の輪のなかに自ら飛びこんでいくところだった。

城壁のように人数の厚みがあるところだけに、どうしてあそこを選んで嘉三郎が突っこんでいったのかわからなかったが、とにかく捕縛は確実だった。

しかし次の瞬間、文之介はあんぐりと口をあけることになった。

嘉三郎に飛びこまれた捕り手たちが我先にと逃げ惑いはじめたからだ。

しまった。文之介はあとを追った。嘉三郎は人数を恃んでいるところへわざと入っていったのだ。

小者や中間のほとんどは、命を懸ける気構えなどまったくなく、出張ってきている。そこを嘉三郎はつけこんだのだ。

しかも捕り手たちが右往左往しているせいで、文之介は前に進めない。

嘉三郎が裏口にたどりつく。あそこには四名の小者がいる。決して通すな、と厳命したが、文之介はもうあきらめていた。

ようやく裏口にたどりつき、道に出たときには嘉三郎の姿はどこにもなかった。

小者たちの姿もなかった。追っていったのか、と思ったが、文之介を認めると路地からぞろぞろ出てきた。

文之介は和方屋の庭に戻った。嘉三郎が逃げ去ったことで、混乱は終わっていた。

文之介が叩きのめした四人の賊には縛めがされている。

驚いたことに、それは勇七一人でしてのけたことのようだ。

文之介の目に気づいて、勇七が歩み寄ってきた。

「大丈夫ですかい、怪我はありませんか」

勇七の瞳には文之介を案じる色が一杯だ。文之介は心が熱いもので満たされた。

「ああ、大丈夫さ。この通りだ」

文之介は幼なじみの中間を見た。

「おめえ、手だしするなっていったじゃねえか」

「なんのことです」

「とぼけるな。宙を飛んだやつが体勢を崩したのは、おめえが投げ縄を飛ばしたからだろうが」

「なんだ、わかっていたんですかい」

「当たりめえだ」

「でも旦那、一人逃がしちまいましたねえ」

文之介はがりがりと月代をかいた。

「嘉三郎の野郎だ。くそっ、あの野郎」

中間、小者たちを責めるつもりはない。渾身の斬撃をよけられたのがすべてだった。

「でも顔はわかっているんだ。近いうち、きっと踏ん縛ってやるさ」

勇七がにっこりと笑う。月のない夜でも、その笑いは輝いて見えた。

「旦那、その意気ですよ」

五

文之介は穿鑿所の横にあるせまい部屋から、のぞき窓を通して権埜助を見た。

穿鑿所のなかで、押しこみの頭はどっしりとあぐらをかいている。

凶悪そうな顔つきではない。意外に若いし、むしろ福々しい顔をして、やさしげな商家の跡継ぎという感じだ。

ただ、ときおり目が稲妻のような光をたたえる。そのあたりは明らかに堅気ではない。

駒蔵を含めた五人の配下は、子供の頃、同じ手習所に通った幼なじみとのことだ。

どうしてあんな忍びのような技を身につけたかというと、通っていた手習所は寺で、上方でいうところの寺子屋も同然だったが、その寺の住職がその手の格闘術を教えるのが大好きだったというのだ。

その住職は今は亡く、勝手に後釜（あとがま）を任じて居座った権埜助がその寺をつかっていた。

そして住職から教えられた技を、長じてからも権埜助たちは常に磨いていたのだ。

権埜助は、嘉三郎の行方は知らない、といった。心当たりもないとのことだ。あったとしても吐くはずがない。責めにかけても無駄のような気がする。

それに、権埜助が知っているところに、今さら嘉三郎が逃げこむはずもない。仮に逃げこんだとしても、とうに居場所は移しているだろう。

「どうして駒蔵を殺した」

「殺してなどいない」

権埜助は口から泡を飛ばした。

「俺の金をちょろまかしたから、殺すつもりではいたが、あいつは自分で崖を飛びおりたんだ」

権埜助の調べを担当しているのは、又兵衛だ。上役自ら調べているのは、嘉三郎を逃した失態がやはりきいているのだ。捕り手たちが蹴散らされた光景が、今も強く脳裏に残っているのではないか。

「自分から飛びおりただと。でたらめをいうな」

又兵衛が声を荒らげる。

「嘘なんかじゃねえ。本当だ」

権埜助は、どういうことでそうなったか、必死に説明した。

権埜助は二年前の砂糖問屋の川鍋屋の押しこみについても、認めていない。もっとも、和方屋に押しこんだことで、権埜助たちの仕置は決まったも同然だ。

文之介は権埜助を凝視した。駒蔵の死については、嘘をついている気はしない。

権埜助が真実をいっているとしたら、と文之介は首をひねらざるを得ない。

崖の上の寺は権埜助たちの隠れ家で、円顕寺というが、お美真の家のそばだ。あそこが高い崖であることを、駒蔵は十分すぎるほど知っていたはずだ。

それなのに、どうして追われたときあんなところに行ったのか。

恐怖でどこをどう走ったのか、わからなくなったのか。

文之介はせまい部屋を出て、穿鑿所の板戸を叩いた。

「なんだ」

文之介は権埜助にききたいことがあるのを、板戸越しに又兵衛に告げた。

「入れ」

文之介は板戸をあけて、一礼してから又兵衛の横に正座した。

権埜助がねめつけてきたが、自分たちを叩き伏せた同心であるのに気づいて、あっ、という顔をした。

「文之介、なんでもきけ」

文之介は権埜助を見つめた。権埜助が落ち着かなげに身じろぎする。

「駒蔵はどういう性格だった」

権埜助が下を向く。

「とにかく落ち着いていた。感情をあらわにすることは滅多にない。金勘定には子供の頃から巧みだった。俺は信じて頼りにしていた。だから、俺も金をちょろまかされていることに、いつまでも気づかなかった」

物事に動じぬ男だったのだな、と文之介は思った。それが崖に追いつめられた。駒蔵には似つかわしくないような気がする。

文之介は円顕寺下の崖を見あげた。

「高いなあ」

「まったくですねえ」

勇七が同意の声をあげる。

「勇七、おめえがあの崖の際に追いつめられたとして、飛ぶか」

「滅相もない」

勇七がぶるぶると首を振る。

「あっしには無理ですよ」

「俺も同じだ」

「旦那はどう思っているんです」

ここまで来る途中、文之介は勇七に疑問があるのを説明している。

「わからねえ」

「でも旦那、駒蔵がここで死んだのはまちがいないんですよ」

「そうなんだよな」

また崖を見あげる。

「上に行きてえな」

「寺ですから入れませんよ」

「いや、入れる。ここが権埜助たちの隠れ家になっていたということで、今、鹿戸さんたちが調べているんだ」

「ああ、そうだったんですかい」

文之介と勇七は山門の前に行った。そこには町方の小者がいて、人の出入りを厳しく監視していた。

むろん文之介たちはとめられることなく境内に入り、吾市に会った。

吾市はなにしに来た、という顔をしたが、文之介に救われたとの負い目があるのか、なにもいわずに庫裏のほうに姿を消した。

崖にやってきた文之介と勇七は下を見おろした。

「やっぱり高えな」

「足がすくみますよ」

しかし江戸の町が見渡せて、景色がいい。町並みの向こうに大川が流れている。その先に見えるのは、浅草の町だろう。

文之介は身を乗りだし、なにか見つからないか、と崖を見た。

「旦那、大丈夫ですかい」

「まあな。そんなに無理はしねえよ」

文之介は崖に視線を走らせ続けた。

「旦那、なにを捜しているんですかい」

文之介は下がり、勇七を見た。

「俺にもわからねえ。なにか見つかるんじゃねえかって気がしているんだが」

「じゃあ、今度はあっしが」

勇七も同じように崖を見はじめた。いや、もっと大胆に身を乗りだしている。

それでは飽き足らないのか、地面に腹這った。

文之介はさすがに心配になった。

「おい勇七、大丈夫か」

「あっ」

勇七が体を揺らした。

「大丈夫か」

文之介はあわてて勇七の足を押さえた。

「ああ、すみません。でも大丈夫ですよ」

「どうした、なにかあったのか」

勇七が顔だけを振り向かせる。

「そこに小さな穴があるんですよ」

「穴だって」

文之介も勇七と同じように腹這いになって、のぞきこんだ。

「そこですよ」

勇七が指さす。

「どれどれ」

勇七のいう通りで、ほんの一尺ほど下のところに、差し渡し三寸ほどの穴がある。草に隠れて見えにくいが、確かにある。

「この穴、なんか意味があるのかな」

しばらく考えたがわからない。

「旦那、その穴、杭でも打たれていたんじゃないですかい」

勇七が思いついたようにいった。

「杭」

「ええ、ちょうど杭ってそんな大きさじゃないですか」

「杭か。ここに杭が打たれていたとして、いってえなんのためだ」

「さあ、あっしにはわかりませんよ」

頰をふくらませて文之介は考え続けた。

「杭か。――駒蔵のやつ、ぶらさがっていたのかな」

「旦那、どうして駒蔵がそんな真似、しなきゃいけないんです」

「飛びおりたと見せかけるためだ」

「えっ。旦那は、駒蔵が生きていると考えているんですかい」

「まあ、そうだ」

「そうだったんですかい。でも、どうしてそんなことを考えついたんですか」

「なんとなくすっきりしねえからだ」

「それだけですか」

「それだけだ」

勇七がにんまりと笑う。

「あっしは旦那の勘、信じますよ。だとしたら、死骸は別人ということになりますね」

「まあ、そうだな」

「でも、あれは駒蔵でしたよ」

「うん、よく似ていたな」

「似ていたですって。あれが別人だとして、誰がこの下で死んでいたんですかい」

「勇七、そいつはあとまわしにしよう。まずは駒蔵が生きているっていうのを明かさなければならねえ。勇七が見つけてくれたこの穴が、その証になるかもしれねえぞ」

「本当ですかい。それで明かすためにはなにをすればいいんですかい」

文之介は腕を組んだ。

「まず、その穴に杭を打ちてえな」

「わかりました」

勇七が走り去り、大槌と杭になりそうな一本の木、そして一本の綱を持ってきた。

「これでいいですかい」

「どこから持ってきたんだ」

「庫裏近くの物置にあったのを拝借してきました。——じゃあ、はじめますよ」

勇七が崖の縁ぎりぎりに座りこみ、杭を打ちはじめた。綱は勇七に巻かれ、先は文之介が持っている。命綱だ。

勇七は力がある。杭が土のあいだに埋まってゆく光景が目に見えるようだ。

「こんなものでいいですかい」

文之介は崖の際に寄った。杭の先が、ほんの半尺ほど草のあいだから見えている。

「これなら十分だろう」

夜目なら、この杭にぶら下がっていればまず見えないのではないか。だが、確かめなければならない。

「よし勇七、ぶら下がってくれ」

勇七がのけぞる。

「ええっ、あっしがやるんですかい」

「俺にやれってのか。俺が高いところ苦手なの、子供の頃から知ってるだろう」

「あっしだって得意じゃありませんよ」

「俺よりは得意だろう」

「そりゃそうでしょうけど……」

「よし、決まりだ。さっさとぶら下がれ。綱はちゃんと握っといてやるから」

「旦那、本当に頼みますよ。落ちたら死ぬんですから」

文之介は近くの杉の大木に綱を巻きつけた。

「勇七。これなら安心だろう。杭から手を放しても、落ちねえよ」

「だったら自分でやればいいじゃねえか」

「なんだ、なにかいったか」

「いえ、なにも」

勇七がこわごわと崖をおり、杭につかまった。馬乗りのようになっている。

「勇七、それじゃあ駄目だ。ぶら下がるんだよ」

「……わかりましたよ」

勇七がそろそろと体を動かし、ついにぶら下がった。

「あれ、おかしいな」

文之介はつぶやいた。

「駒蔵はしゃがみこんだようにしたあと、飛びおりたって権埜助はいったんだよな。これだといくらなんでも無理だな」

しかも杭はほとんど見えないが、勇七は丸見えだ。これなら夜目でもはっきりとわかったはずだ。

「旦那、まだですかい」

「ああ、勇七、あがっていいぞ」

「はやく綱を引いてくださいよ。自力じゃあ無理ですって」

「いちいち注文の多い野郎だな」

文之介は綱をぐいっと引いた。あがってきた勇七は汗びっしょりだ。

「旦那、今あっしのこと、忘れてたでしょ。もう二度とやりませんからね」

「俺が勇七を忘れるなんてこと、あるわけねえだろうが」

気持ちが落ち着いた勇七がまた崖下をのぞきこんでいる。

「ふう、死ぬとこだった」

文之介は自分が握る綱に目をとめた。

「……ふむ、こいつをつかえばいいのか」

文之介はゆっくりと目を閉じ、一つの場面を脳裏に描きだした。

杭に綱を巻きつけ、綱の先端を崖の際ぎりぎりのところに置いておく。それを握って飛びおりるとどうなるか。

綱はもちろん小道まで届く長さではない。死骸を確認しに来る権埜助たちがいなくなったあと、小道に飛びおりても怪我をしない高さでとまるようになっている。せいぜい小道から一間ほどの高さだ。

文之介は目をひらいた。

下をあらためて見ると、下から一間ほどのところにちょうど草が繁く生えていた。杭の真下だ。

駒蔵は綱を握り締め、あのあたりで息を殺していたのではないだろうか。

「よし勇七、杭に綱を巻いてくれ。うんとかたく頼むぞ」

今度はなにをしようっていうんですかい、という顔で勇七が腹這いになる。

「これでいいですかい」

勇七が綱を渡してきた。文之介はぐいぐいと引いた。

「これなら十分だ。勇七、この縄を握って飛びおりろ」

「ええっ」

勇七の青い顔を見て、文之介はさすがにかわいそうになった。おそらく、この推測にまちがいはないだろう。

文之介の気持ちを知って、勇七がほっと息をつく。

「よし、これでタネはわかった。あとはさっき勇七がいったが、下で死んでいたのは誰かってことだな」

「誰なんでしょうね。あれだけ似ていたってことは双子ですかい」

「どうだろうかな。そんなに都合よく双子なんかいるか」

「それに、血をわけた双子を殺すなんてできないですかね」

「必要とあらば殺すだろう。兄弟など関係ないのは、武家を見れば明らかだ」

「でも、あっしたちをだませるほど似ていたんですよ」

「いや勇七、そんなに似てなくともよかったんじゃねえのか」

「どういう意味です」

「勇七、俺たち、駒蔵の顔、はっきり見たことがあったか」

勇七が虚を衝かれた表情をする。

「そういわれれば……」

「しかも、あの死骸は右目が潰れていた。あれで顔全部が潰れていたら、別人じゃねえかと俺たちも考えたかもしれねえが、あの程度じゃさすがにそこまではな……」

「それに、あのあとお美真さんの口添えがありましたからねえ」

文之介ははっとして、目の前の中間の顔を見た。

「勇七、そいつだ」

「えっ、なんですかい」

「お美真は、駒蔵と肌を合わせたことのある女だ。そんな女がいくら右目が潰れていたからって、見誤ると思うか」

「じゃあ、嘘をついたと」

「そういうこったな。駒蔵とお美真は、今もできてるにちげえねえ」

「じゃあ、お美真さんは駒蔵のからくりに一役買ったということですかい。でも旦那、どうして駒蔵はこうまでまわりくどいこと、したんですかねえ」

文之介は顎をなでまわした。

「その通りだな。金をちょろまかしたのがばれたとしても、江戸の外へ逃げちまえば、いくら権埜助が執念深いからって追いきれるもんじゃねえ。駒蔵はそれをしなかった」

「江戸を離れられない事情があるってことですかね」

文之介は強くうなずいた。

「そういうこったな」

六

日当たりがいい。

駒蔵がこの家を選んだのは、この一点が大きかった。

ただ、よすぎて夏のあいだは厳しい。

しかし、冬が寒いほうが年寄りにはこたえるはずだ。

今は夜で、木々を揺らす風の音が潮騒のようにきこえているだけだ。空に月はないようで、ひらいている障子から見える庭にそれらしい光は届いていない。

駒蔵は茶を一口飲んだ。

いい家だな、とぼんやりと行灯に照らされている部屋のなかを見まわした。

建ってからまだ二年ほどとのことで、どこもまだきれいだ。畳はこの家に入るにあたり、駒蔵が替えたばかりで青いし、いい香りを放ってもいる。

風の通りもけっこういいから、昼間でもそんなに暑くは感じないだろう。

駒蔵は目を移した。

しわ深い顔が瞳に映る。

目をあいていた。

「起きていたのか」

「うん」

「いつ起きたんだい」

「ついさっきだよ。おまえの顔を見ていたんだよ。歳を取ったなあって」

「そうかな」

駒蔵は笑って頬をつるりとなでた。

「おっかさん、具合はどうだい」

「今日はとてもいいよ」

母親のお保の返事はいつも同じだ。

「腹は空いてないかい」

「うん、まだね」

「なにか食べたい物、あるかい」

「なんでもいいよ」

これもいつも同じだ。

お保の顔を見るたびに、駒蔵はせつなくなる。長生きしてほしいと心から願う。

「駒蔵、ちょっと寝るよ」

「うん」

母親が目を閉じる。

しばらくしてかすかな寝息がきこえてきた。やすらかで、具合の悪さを感じさせるものはない。

これならしばらくは大丈夫か。

駒蔵はごろりと横になった。天井が目に入る。

がつ、という音が頭のなかで響いた。昔のことを呼び覚ます音だとわかっていても、びくりとする。

体に恐怖が染みこんでいる。

仕事が終わって珍しく家に帰ってくると、必ず酒を飲みだす父。

それを見ただけで、子供だった駒蔵は身がすくんだ。

やがて父親の康蔵の顔が真っ赤に染まる。額にくっきりと縦じわが刻みこまれる。それが合図だった。

なんだ、こりゃあ。

どんなに傾けても酒が出なくなった大徳利に父親が激怒する。

空の大徳利を投げつける。箪笥に当たって、がしゃんと激しく割れる。

康蔵が立ちあがり、駒蔵をにらみつける。恐怖で体が動かない。

「おまえ、なにを見てる」

ぶん。拳が飛んできた。駒蔵はよけた。

「てめえ、この野郎」

ばしっ。平手で殴られ、駒蔵は吹っ飛んだ。障子が音を立てて倒れる。

「あんた、やめて」

お保が台所から飛んでくる。割れた大徳利の破片で足を切る。

そんなのにもかまわず、母親は駒蔵をかばうように立つ。

「駒蔵、逃げな」

うしろを向いてささやく。

「でも」

「なに、こそこそ話してやがんだ」

今度はお保が殴られた。

「駒蔵、はやく」

駒蔵はお保の体の陰で小さくなっていたが、またばしっと音がしたのに耐えきれず、走りだした。

裏口から逃げ、久八の家に走った。

久八の家では肩身がせまかった。久八はいつ行ってもやさしくしてくれたが、気恥ずかしさのほうが先に立った。

そんなことを何度も味わうたびに、駒蔵のなかでは康蔵に対する憎しみがふくれあがっていった。殴られるたびに逃げるしかない自分の無力さにも腹が立っていた。頃合を見て家に戻ると、康蔵はいつも大いびきをかいて寝ていた。

お保は常に顔を腫らしていた。

「おっかさん、殺しちゃおうよ」

駒蔵は何度も持ちかけた。そのたびに母親は首を振った。

「おまえを縄つきにはできないよ。あたしが縄つきになることもできない。縄つきになったら、誰があんたを育てるんだい」

しかし自分はこうして咎人になった。

お保はそのことを知らない。いや、知っているのか。

とにかく、あのとき俺は父親から逃げた。今はもう逃げることはできない。おっかさんを見捨てて逃げることは二度とない。

お保は動かせない。動かしたらまずまちがいなく死ぬ。

だから俺は江戸を動くわけにはいかない。生のある限り、俺はおっかさんの面倒を見る。

権埜助から金をごまかしたのも、母親のためにこの家がどうしてもほしかったからだ。

もう権埜助のやつらはとらえられたと思うが、果たしてどうだろうか。

明日になれば、読売で吉報を目にすることができるだろうか。

そうあってほしい。あそこまでお膳立てしてやったのだ。

あとは、この俺が逃げきることだ。

しかし、奉行所にも人がいないわけではなかろう。いつかからくりを見破られるのでは、という怖さはある。

もし俺がつかまったら、誰がおっかさんの面倒を見るというのか。

だから俺は決してつかまるわけにはいかない。

いや、おはやがいる。

きっとおはやがおっかさんを見てくれるだろう。

七

蟻の這い出る隙間もない、というほどではないが、かなりの人手を割いて、お美真の家を張っている。

こういうからくりではないでしょうか、との文之介の進言を、又兵衛は容れてくれたのだ。

家のまわりは木々が深く、お美真に知られることなく張ることはさほどむずかしいことではなかった。

しかし、駒蔵はあらわれない。張りはじめてまだほんの半日にすぎないが、文之介は少し苛立っている。

はやく来い。

どこかで蟬が鳴いている。まだ六つ半という頃合だが、日はとっぷりと暮れ、夜の波はあたりに満ち満ちている。

夜に鳴く蟬など珍しい。ずいぶんともの悲しい響きだ。

その蟬のおかげか、文之介の心は少し落ち着いた。

「旦那」

勇七がささやきかけてきた。

「旦那はどう思っているんですかい」

「なにが」

「駒蔵がお美真さんのもとに必ず来ると思っているんですかい」

「当たりめえだ。だからこそ、こうして大がかりな網を張っているんじゃねえか」

「本心ですね」

「そうだ」

勇七が小さく笑った。

「なら、きっと来ますよ」

五つを少しすぎた頃だった。

まだ相変わらず蟬が鳴き続けているなか、文之介は、おっ、と声を漏らした。

「どうかしたんですかい」

「来たぞ」

一つの影が小道をあがってきた。提灯をつけているが、顔の見わけはつかない。

「駒蔵ですかね」

勇七がほとんど唇の動きでいう。

「わからねえ」

文之介も同じように返した。

影は早足で文之介たちの前を通りすぎてゆく。

文之介はとらえたい衝動に駆られた。

だが、もしちがう男だったら、奉行所の者が張っているのを駒蔵はきっと知ることになるだろう。

咎人というのは、そういう勘が異様に鋭いものだ。

お美真のもとに通ってくる旦那、ということも考えられないわけではない。

お美真のこともすでに調べずみだ。

旦那は本当にいた。商家の主人というお美真の言に嘘はなかった。

男が入口の前で提灯を吹き消した。なにもいわずに戸をひらき、なかに身を入れた。

その動きのしなやかさ。

やつじゃねえのか。

桑木さまはどうされるのだろう、と文之介は思った。

又兵衛は文之介から見て右側の、背の低い木々が集まる裏に位置している。

通常こうした張りこみに与力が来ることなどないが、やはり嘉三郎を逃した衝撃がまだ又兵衛をとらえて放さないようだ。

しかし又兵衛の合図の前に、一つの影が飛びだした。

あっ。文之介は思わず声をあげた。

戸を蹴破るように影は家に入っていった。もう一つの影がそれに続く。

「勇七っ」

こうなれば行くしかない。文之介は勇七とともに家に走りこんだ。

行灯が土間に倒れ、燃えている。二つの影が組んずほぐれつして土間を転げまわっている。それをはらはらと見守っている二つの影。

行灯が燃え尽きた。

「勇七、龕灯を」

勇七が龕灯に火を入れた。明かりが土間の二人にさっと向けられる。

一人は駒蔵だ。もう一人は吾市。

見守っている二人はお美真と中間の砂吉だ。砂吉はおろおろしている。

駒蔵のほうが優勢に見えたが、いつしか吾市が優位に立っているように感じられた。

駒蔵は龕灯に照らされて、急に気力を失ったように思えた。奉行所の者がこの家のなかに満ちつつあるのを目にし、逃げきれないとさとったのか。

吾市が駒蔵の上に乗った。顔を殴りつける。

何度も繰り返すので、さすがに文之介はあいだに入った。

「鹿戸さん、もう十分ですよ」

駒蔵は何発殴られても痛そうにしていなかった。

「文之介、とめるな」

「いえ、本当に十分ですよ。もうあらがいはしません」

「そうかよ」

吾市が砂吉を見た。

「砂吉、縄を打ちな」

「へい」

砂吉が捕縄で駒蔵をがちがちに縛りあげた。

「やったぞ」

吾市がどうだという顔で文之介を見る。

「このたわけが」

横から大声がした。見ると、怒りに顔を真っ赤にふくらませた又兵衛が立っていた。

「吾市、きさまというやつは――」

そこで大きく息を吸った。

「いつになったら懲りるんだ」

駒蔵が殺したのは、おそらく腹ちがいの兄弟だった。父親が別の女に産ませた男。

おそらく、というのは腹ちがいの兄弟であるという証がなにもないからだ。

それまで駒蔵は腹ちがいの兄弟の顔を見たことはなかった。この世にいること自体、知らなかった。

殺したことに、今も良心の痛みはない。いや、むしろ顔を潰すのに快感すら覚え、右目だけでとめるのにかなりの力を必要とした。父親に似ている顔。この世から一つ消すのにためらいはなかった。

駒蔵は腹ちがいの兄弟と思える男の居場所を、行商の最中、見つけた。

一目見て、よく似ていると思った。兄弟だな、と直感したが、あの男が腹ちがいの兄弟であるのを確かめる必要はなかった。

一人暮らしで身寄りがなく、自分にそこそこ似ていれば十分だった。

男は畑吉といった。

もし畑吉が住んでいる長屋から失踪したとして、誰か必死に行方を捜す者がいるかどうか、駒蔵としてはまずそれを確かめなければならなかった。

以前、女房はいたようだ。しかし死別している。

前は腕のいい飾り職人だったらしいが、女房に死なれてからは酒浸りで博打ばかりやっている。ろくに仕事をしておらず、賭場にかなりの借金がある。

厳しい取り立てに遭っているようで、逃げたいと長屋の者にこぼしていた。

駒蔵は畑吉の弟ということで、賭場を仕切っている一家に、博打の借金を払いに行った。全部で十五両。

これで畑吉がいなくなってもやくざ者が血眼になって捜すことはないとなれば、安い費えだ。

長屋の者も、畑吉の失踪をやくざ者絡みと考えるにちがいない。後難を怖れて、お上に届けをだす者もいないだろう。

駒蔵が、権埜助の金をごまかしていたのは事実だった。権埜助は奪った金を円顕寺の庫裏に隠していた。

その隠し場所を駒蔵は、金勘定をまかされていて知っていた。

最初はばれない程度に少額をちょろまかしていたが、だんだんとやり口が大胆になっていった。最後の頃には三百両ほどになっていた。

その金のいくばくかを駒蔵は長屋の床下に隠していた。権埜助に呼びだされた晩のだいぶ前に、金はおはやのところに移していた。

母親のために家を買うなど手にした金が大きすぎて、いずれ露見するのは目に見えていた。

どうすれば権埜助から逃げられるか。

お上に一網打尽にしてもらえばいいことに気づき、最初は密告することを考えた。なにしろ密告者はつかまらないのだ。どころか褒美（ほうび）すらもらえる。

しかしそれではもし万が一、お上がとらえ漏らした者があった場合、命を狙われることになる。

なにしろ、駒蔵は江戸を動けないのだから。

ここは確実にやってもらうために、駒蔵は策を練りに練った。

とにかく権埜助たちのもとへ町方を導くことこそが、この策の肝（きも）だった。

崖を飛びおりたのは、文之介の推測通りだった。

かどわかし、おはやの家に置いておいた畑吉を石で殴りつけて殺し、右目を潰した。そうしておいてから、死骸を小道の上に横たわらせた。

その上で、権埜助のもとに行ったのだ。権埜助たちに追いかけられるのは、計算のうちだった。

町方役人から、一人とらえ漏らした者がいるときかされた。嘉三郎のようだ。

さもありなん、という感じはある。あの男はとにかくすばしこいし、ずるがしこい。

同心に嘉三郎の居場所を知らないかと問われたが、駒蔵に心当たりはなかった。

「どうしてお美真を、おはやと呼んでいるんだ」

穿鑿所で文之介はたずねた。

「おはやがそう呼んでほしい、といったんですよ」

駒蔵は淡々とした口調で話した。

「昔、病で亡くなった姉がいたらしいんですが、その姉の名のようです。お美真という名より、そちらのほうが好きだったみたいですね。あっしにはよくわかりませんが、おはやがそう呼んでほしいなら、と」

八

まだ嘉三郎捜しという仕事は残っているが、ほとんどすべての片がつき、文之介は帰途についた。

「勇七、明日飲みに行こうぜ」

別れ際、誘った。

「いいですねえ」

勇七はうれしそうに笑ってくれた。それだけで文之介は心が満たされた気分になった。

あさっては非番だ。だから明日は思いきり飲める。

「ただいま戻りました」

玄関で声をかけ、式台にあがった。もう夜はすっかり深まり、文之介は腹が空いてならなかった。

さくらちゃんがなにか支度してくれていたらありがたいんだけどな。

そんなことを思いながら、居間に入った。

あれ。心中で声をあげた。

ふだんならとうに帰っているはずのさくらがいたのだ。

「お帰りなさいませ」

「ああ、ただいま」

「文之介さま、お疲れのところ申しわけありませんが、ここにお座り願えますか」

なんだろう。返事をききたいというのか。まずいなあ。文之介は緊張しつつ正座した。

「お膝を崩していただいてもけっこうですよ」

「いや、これでいい」

「さようですか」

さくらがまっすぐ見つめてくる。文之介は体がかたまった。この娘、なにか決意を秘めた目をしている。そばに信太郎がいるが、熟睡していた。

「文之介さま」

「はい」

声が裏返りかけた。

「ごめんなさい」

いきなりさくらが頭を下げた。

「あれは一時の気の迷いです」

文之介はきょとんとした。

「気の迷いってなにが」

「文之介さまに惚れたと申したことです」

文之介は力が抜けた。

「ああ、そうか」

そうあっさりといわれてしまうと、大魚を逃がした気がしないでもない。

でも、それ以上にすっきりした。俺はお春が一番だからな。

「それは、誰かほかに好きな人ができたっていうことかい」

「はい、そうです」

「誰か教えてもらっていいかな」

いいながら、まさか、という思いが脳裏を駆け抜けた。

「丈右衛門さまです」

やはり。

「父上はどこに」

文之介は部屋に目を走らせた。屋敷内に丈右衛門の気配はない。

「一度お帰りになったのですが、今、湯屋に行かれています」

これは当分帰ってこないだろうな、と文之介は父の狼狽ぶりが思い浮かんだ。

「じゃあ、俺も湯屋に行ってくるよ。さくらちゃん、こんな刻限までいて雅吉が心配しないかい」

「四つまでに帰れば文句はいわないと思います。夕餉の支度はしてありますし」

「そうかい。じゃあ、行ってくるよ」

空腹ではあったが、文之介は夕餉より先に丈右衛門に会いたかった。

湯船に浸かっていた。いつもより顔の汗が多いような気がしないでもない。

「父上」

文之介は声をかけて、横に入りこんだ。

「なんだ、その顔は」

「なにかついていますか」

「なにをにやついているんだ」

文之介は丈右衛門を見つめ、まわりの者にきこえないように小声でいった。

「父上、このままさくらちゃんと一緒になればいいじゃないですか。信太郎の両親ができて、これ以上のことはありませんよ」

「たわけたことを申すな」

一喝された。本気で怒っているように見えた。それはお知佳への思いの深さのように感じられた。

湯船の他の客たちがびっくりしている。

「戻る」

ざばっと立ちあがった。

「さくらちゃん、まだいますよ」

「別に逃げているわけではない」

父は湯船を出ていった。

文之介はしばらく湯に浸かっていた。夏だけにそんなに長湯はしたくないが、父とさくらを二人きりにしておくのもおもしろそうだった。

湯屋を出た文之介は、屋敷に向かってのんびりと歩きだした。

低い空に月が出ている。橙色をしていた。またどこからか蝉の鳴き声がしている。

妙な夏だなあ、と思った。

蝉の音が不意に途絶えた。

なんだ、と思った瞬間、どすどすと音がきこえた。この音は、と文之介は身構えた。

一気に大きな影が迫ってきた。

「文之介さま」

抱きつかれそうになった。

「おう、お克」

文之介は飛びすさりそうになるのを、かろうじてこらえた。

元気を取り戻したのか、文之介の提灯に照らされるお克の顔色はいい。ただ、まだ体はもとにもどったわけではない。

お克は一人だ。よほど急いで来たようで、息を切らしている。

「文之介さまにいわれたように、私、縁談を断りました」

「えっ、そ、そうか」

「それで文之介さま、私たちの祝言、いつにしましょうか」

なにをいっているんだ、この女は。

「祝言て、お克、俺たちはそういう間柄じゃないだろう」

お克が眉を動かす。

「でしたら、どうして文之介さまは断るようにおっしゃったのですか」

「それは、あの……」

ここははっきりいったほうがいいだろう、と文之介は腹を決めた。

「勇七のためだ」

「勇七さんのため……」

お克がうつむく。

やがて顔をあげた。怒りをたたえているように見えた。

「文之介さまにいわれたからこそ、私は縁談を断ったんです。あの縁談を断ったことで、店は大きな損をだすかもしれません」

「えっ、そうなのか」

お克がにっこりと笑った。文之介が思わず見直したほどきれいだった。

「嘘です」

明るい声でいう。

「私、まだ縁談、断っていないんです。断る前に、文之介さまのお気持ちを確かめようと思って」

そうだったのか。

「これで失礼します」

一礼してお克が去ってゆく。

遠ざかってゆくお克がどういう心持ちなのか、文之介にはわからない。しかし弾むような気持ちであるはずがない。

受けるのかな、と思った。もしお克が嫁に行ったら、もうほとんど会えないだろう。それも寂しかった。

勇七は悲しがるだろう。まさか死ぬことまでは考えないだろうが、当分のあいだはつかいものになるまい。

お克に縁談があり、さくらがあらわれるなど、まわりが変わりはじめている。

雲が流れ、形を変えてゆくように人は一ヶ所にとどまれないものとはいえ、なにか取り返しがつかない流れに乗ってしまっているのでは、という焦りのような思いがある。

父上だって、お知佳さんとは前ほどに会えていないようだし。

この俺も、お春とほとんど会えていない。あんなに足繁く屋敷に来ていたのに、今は滅多に顔を見せてくれない。

これからどうなるんだろう。

嘉三郎を捕えるという仕事が残っているとはいえ、事件が一つ解決したばかりだというのに、文之介の足取りは重いものになった。

いや、そんなに暗く考える必要はないさ。

文之介は顔をあげた。

なんでもうまくいくさ。俺がそう思っているんだから、きっと。

二〇〇六年一一月　徳間文庫

光文社文庫

長編時代小説
夜鳴き蟬（よなきぜみ）　父子十手捕物日記（おやこじってとりものにっき）
著者　鈴木英治（すずきえいじ）

2021年5月20日　初版1刷発行

発行者　鈴木広和
印刷　堀内印刷
製本　榎本製本

発行所　株式会社　光文社
〒112-8011　東京都文京区音羽1-16-6
電話（03）5395-8149　編集部
8116　書籍販売部
8125　業務部

ISBN978-4-334-79197-1　Printed in Japan

組版　萩原印刷

光文社時代小説文庫　好評既刊

夜叉萬同心　藍より出でて　辻堂魁
夜叉萬同心　もどり途　辻堂魁
夜叉萬同心　本所の女　辻堂魁
夜叉萬同心　風雪挽歌　辻堂魁
夜叉萬同心　お蝶と吉次　辻堂魁
ちみどろ砂絵　くらやみ砂絵　都筑道夫
からくり砂絵　あやかし砂絵　都筑道夫
臨時廻り同心　山本市兵衛　藤堂房良
霞の衣　藤堂房良
赤猫　藤堂房良
死笛　鳥羽亮
秘剣水車　鳥羽亮
妖剣鳥尾　鳥羽亮
鬼剣蜻蜓　鳥羽亮
死顔　鳥羽亮
剛剣馬庭　鳥羽亮
奇剣柳剛　鳥羽亮

幻剣双猿　鳥羽亮
斬鬼嗤う　鳥羽亮
斬奸一閃　鳥羽亮
あやかし飛燕　鳥羽亮
鬼面斬り　鳥羽亮
幽霊舟　鳥羽亮
姫夜叉　鳥羽亮
兄妹剣士　鳥羽亮
ふたり秘剣　鳥羽亮
居酒屋宗十郎　剣風録　鳥羽亮
獄門首　鳥羽亮
よろず屋平兵衛　江戸日記　鳥羽亮
姉弟仇討　鳥羽亮
伊東一刀斎（上之巻・下之巻）　戸部新十郎
秘剣水鏡　戸部新十郎
秘剣龍牙　戸部新十郎
火ノ児の剣　中路啓太